다만 여행자가
될 수 있다면

박완서
산문집
10

다만 여행자가
될 수 있다면

문학동네

엄마의 여행 가방

이 책의 표지로도 꾸려진 어머니의 여행 가방에는 아직도 빨간 크리스마스 리본이 달려 있다. 평범한 캐리어이지만 그걸 보면 어머니가 생각나 미소가 나온다. 어머니가 어딘가에 여행을 좋아하지 않는다고 쓰신 게 떠올라 웃음이 나기도 한다. 그런 것치고 어머니는 여행을 참 많이 다니셨기에.

여행 가방을 꾸리실 적에는 어찌나 간단한지 놀라울 정도였다. 여행 전날 밤이나 가는 날 아침에 챙기셨고 항상 가뿐하셨다.

숱하게 가셨던 중국 여행 때 반드시 챙기셨던 명함 크기의 작은 간자 사전이 생각난다. 그 군더더기 없었던 간결함과 가벼움을 따르고 싶었다.

이번에 어머니의 여행 산문집 『다만 여행자가 될 수 있다면』을 내면서 새롭게 들어간 글 다섯 편은 모두 우연히 발견했다. 어머니가 스크랩해놓은 이 글들은 마치 이런 글도 있었단다 하며 어머니가 내게 건네주는 것 같았다.

어릴 적 고향에서 숙부가 어머니에게 쾡이그물로 뱀장어를 잡아주는 「어린 시절, 7월의 뱀장어」 속 한 장면은 자꾸 보아도 기쁨이 차오른다.

개성 남산동 숙부의 소실 집에서 하룻밤 불편하게 묵으면서 들은 이야기의 편린이 훗날 장편소설 『미망』의 모티프가 되다니, 「미망未忘에서 비롯된 것들」은 바로 옆에서 엿듣는 듯한 생생함에 가슴이 뛴다.

「내 나름으로 누리는 기쁨」을 읽고 어머니가 소탈한 하루 여행을 마무리하면서 "꿈처럼 독창적인 것도 없"다는 깨달음을 얻으신 데에 신선한 자극을 느꼈다.

「천지, 소천지, 그리고 어랑촌 가는 길―백두산 기행」에서는 장엄한 천지에 경탄하는 어머니의 묘사에 눈이 밝아지는 듯했다.

무엇보다 「겨울나무 같은 사람이 되자, 삶의 봄을 만들자」

는 새해를 맞이하는 이들에게 커다란 응원의 힘을 주는 남다
른 의미가 있는 글이었다.

네팔, 티베트, 몽골, 에티오피아의 여행기를 다시 보면서 어
떤 지리 교과서나 검색을 통해서도 볼 수 없는 자연과 사람과
풍토를 바라보는 어머니의 눈길의 풍요로움과 치밀함에 머리
를 숙이지 않을 수 없었다.

어머니는 여행을 하며 많은 글을 쓰셨지만 아무런 글도 남
기지 않은 여행이 더 많았다. 그 여행은 참으로 헐렁했고 망연
히 바라보기만 했을 것이고 다만 여행자가 되어 목적 없는 휴
식을 했으리라.
수선스럽지 않았고 눈에 뜨이지 않았고 그래서 더욱 빛나
는 여정이었으리라.
가족과 일을 떠나, 좋아하는 사람들과 호방하게 술잔을 기
울이셨으리라.

나는 어머니를 모시고 공항에 나가는 차 안에서의 시간을
참 좋아했다. 여행을 떠나는 자유로움과 후련한 기운을 같이
느낄 수 있었고, 돌아오신 날 따끈한 후일담의 일성을 들으면

무사히 돌아오셨다는 안도감을 같이 느낄 수 있었다.

　나는 어머니와 여러 번 여행을 했다. 어머니가 원해서 동행하게 된 경우도 있지만 내가 졸라서 간 적이 더 많았다.
　나는 어머니와 같이했던 바이칼 호수와 블라디보스토크와 루마니아와 네팔 치트완의 여정들을 기억하는 것만으로도 가슴이 벅차오른다.
　그건 어머니의 글 속에도 나오지 않은,
　내 기억 속 보물로 간직하고 있기에.

2025년 아치울에서
호원숙

차례

3부 왜 인간이냐고 묻는 것

일러두기

* 이 책은 2005년 출간된 『잃어버린 여행가방』(실천문학사)에 미수록 원고를 더
  해 재편집한 개정증보판입니다.
* 『표준국어대사전』 및 『고려대 한국어대사전』을 기준으로 한글 맞춤법을 통일
  했으나, 많은 부분에서 저자의 표현을 최대한 살렸습니다.

1부

꿈처럼 독창적인 것

겨울나무 같은 사람이 되자, 삶의 봄을 만들자

올겨울은 춥지 않아 자주 산에 갈 수가 있었다. 딸네 차를 얻어 타고 가는 거니까 등산은 아니다. 주위에서 겨울 등산이 좋다고 권유하는 사람도 있고, 나도 은근히 유혹을 안 느끼는 건 아니지만 따라나섰다가 혹시 남에게 폐 끼치는 일이 생길까봐 엄두가 안 난다. 뭘 하려도 제일 먼저 내 몸의 눈치를 보게 된다. 괜찮겠느냐고 상의를 할 적도 있다. 내 몸이 썩 자신 있어하지 않는다고 여길 때의 느낌은 바로 엄두가 안 난다고 말할 수밖에 없다. 몸을 아껴서가 아니라 내 몸이 나 아닌 남에게 폐를 끼치게 되는 일이 생길까봐 두려워서이다. 그 일만은 최선을 다해 막아보고 싶으니 엄두가 안 나는 일이 자주 생긴다. 늙는 거란, 엄두가 안 나는 일이 점점 많아지는 거로구나, 요즘은 도통한 것처럼 그렇게 체념하고 있다.

자주 산에 간다고 했지만 이 산 저 산 두루 다닌 건 아니고, 제일 가까운 남한산성을 단골로 다녔다. 잠실 쪽으로 처음 이사왔을 때만 해도 개발 초기라 어수선하고 을씨년스러웠다. 도무지 정붙일 거라곤 없는데 베란다에 나서면 곧바로 남한산의 연봉이 바라보였다. 그게 사는 데 숨통이 되고 기쁨이 되었다. 멀리 보이는 산색은 계절에 따라서도 바뀌지만, 시간에 따라 또 날씨에 따라 섬세하게 변한다. 멀어졌다 가까워졌다 하기도 한다. 점점 나빠지는 공기가 간유리처럼 가로막아 산의 모습이 자꾸만 몽롱해질 무렵 우리는 남한산성 앞으로 한 걸음 크게 다가갔다. 가까이 이사를 가니까 되레 더 남한산을 바라볼 수 없게 되었다. 산과 나 사이에는 너무 많은 고층 아파트가 첩첩이 들어서 있고 나 또한 그중의 한 방의 주인일 뿐이다. 그래서 바라보면서 좋아하던 산을 찾아가기 시작했다. 성남 쪽으로 해서 가면 차로 불과 일이십 분 안에 산에 이르게 된다. 차 속에서 바라본 산색 또한 시간에 따라 날씨에 따라 수시로 바뀐다. 올라갈 때 다르고 내려올 때 다르다. 그건 꽃피고 잎 돋는 계절의 변화와는 또다른 산의 표정이다. 계곡에서 안개가 용트림하듯 무섭게 피어오르던 날은 장관이었지만 산이 우리를 거부하는 것 같았다. 거부하는 몸

짓 사이로 파고들려니 겁이 나서 운전대 잡은 사람이나, 탄 사람이나 벌벌 기는 심정이었다. 눈치만 보면서 계속 벌벌 기어 내려와서는 새삼스럽게 온 길을 뒤돌아보면서 무사히 보내준 것을 감사했다.

날씨가 좋을 때도 차 타고 오르는 산은 닦아놓은 찻길을 벗어날 수가 없으니, 산에 대해선 그야말로 수박 겉핥기이다. 산한테 미안한 생각도 든다. 산의 눈치와 내 몸의 눈치를 봐가며 적당히 등산 기분이라도 내보려면 잠시 차를 버려야 한다. 성남 쪽으로 해서 찻길을 따라 오르다보면 매표소가 나오고 곧 내리막길로 접어들면서 마을이 나온다. 예전서부터 있던 마을이 아니라 관광객에게 뭔가를 팔려고 생긴 마을인 듯싶다. 호텔도 있다. 거기서 차를 버리고 나면, 산성의 유적이 있는 산정까지는 노인과 어린이를 포함한 가족이 쉬엄쉬엄 올라가기 알맞은 거리이다. 경사가 완만하여 숨차할 새 없이 성터에 이르게 된다. 성터에선 송파 일대의 아파트 단지가 한눈에 바라보인다. 집에서 남한산이 가깝게 보일 때는 좋았지만, 산성 쪽에서 바로 산자락을 타고 기어오를 기세로 눈앞에 육박한 아파트 단지를 바라보는 기분은 묘하다. 다 아는 바와 같이 남한산성은 북한산성과 더불어 서울을 남북으로 지킬 목적으로 17세기 초에 축성된 성이다. 공사의 부역은 주로 승려들이 맡았다고 하며 유사시에 대비하여 성안에는 관아를 비롯하여 창고 등 모든 시설을 갖추었고, 성안에서 병사들의 기동훈련까지 실시했다고 한다. 그러나 막상 병자호란이 일어나자 제대로 싸워보지도 못하고, 농성한 지 사십칠 일 만에 인조는 성문을 열어 화의를 하고 말았다.

이런 남한산인지라 밀집한 아파트 단지에서 바라보면, 산이 거기 있음으로 좋기만 한 여느 산과 다름이 없지만 정상에 서면 어쩔 수 없이 역사의 자취가 된다. 그리하여 그 산자락에 펼쳐진 동네도 강남에 흔해빠진 고층 아파트 단지에서 선사로先史路, 백제고분로, 몽촌토성, 삼전동, 오금동 등 움집을 짓고 살던 선사시대로부터 사람들이 면면히 터를 잡고 살고 죽고 싸우고 패한, 생멸과 영욕의 흔적으로 변한다. 그러나 감상적인 명명 외에 눈으로 볼 수 있는 자취는 아무것도 없다. 백제 초기 왕릉의 광대한 묘역은 육 차선 팔 차선이 되고, 혼백이 저승의 숨을 쉬면 어둡고 눅눅한 석실과 연도는 하수도가 됐을지도 모른다. 흙으로 성을 쌓은 유순한 백성이 살던 터전은 세계만방과 통하는 공원이 되었고, 간신히 복원한 토성은 눈썰매장을 만들지 못해 안달이다. 인조가 남한산성으로 피난 가다가 잠시 다리를 쉬면서 "아이구 내 오금이야"라고 탄식했다는 동네에다 우리는 철근과 양회를 길길이 쌓아 아파트의 숲을 만들었다. 금지옥엽이 오금이 아픈 까닭이 반드시 많이 걸렸기 때문만이었을까. 대국에 대한 두려움 때문에 지레 오금이 저렸을지도 모른다.

이렇게 황망히 피신했던 인조가 더이상 대항치 못하고 강화를 체결하고 단을 쌓고 항복한 굴욕의 땅 삼전도엔 청 태종의 공덕을 기리기 위한 비석이 아직도 남아 있다고 하나 롯데월드의 위용에 가려 아무도 주목하지 않는다. 흔히 삼전도비라고 하는 이 비석은 국치의 증거물이라 해서 청일전쟁 후 한강물에 처박았던 것을 일제가 복원했고, 해방이 되자 다시 땅속에 파묻었던 것을 1963년에 복원했다고 한다.

치욕도 파묻어두기보다는 드러내놓고 기억하고자 한 것은 확실히 성숙한 생각이고, 어느 만큼 잘살게 됐다는 자신감의 발로이기도 하리라. 그러나 아무도 그게 거기 있음에 관심이 없다면 그건 거기 없는 것과 마찬가지이다. 다시 몇백 년 후, 저 동네는 어떤 모습으로 흔적을 남기고, 어떻게 살았다고 기억될 것인가. 그때까지 이 산이 남아 있으리라는 것은 믿어도 될까. 그 청청하던 치맛자락은 개발이라는 명목으로 남루를 만들어버렸고, 그 품속은 포장도로가 구렁이처럼 칭칭 감아올려 마침내 정수리에 이르렀다. 이건 이미 옛사람이 생각한 산은 아니다.

성터에서 주차장이 있는 마을로 내려와 돌아오는 길은 하남河南 쪽으로 잡는다. 남한산을 종단한 기분도 나고, 한편에 계곡을 낀 길이 아주 좋다. 차를 세우고 계곡으로 내려가 얼음장 밑으로 흐르는 물소리를 들을 수도 있다. 어린 손자들은 흐르는 물에 돌 던지기를 좋아한다. 올핸 눈이 오는 대로 녹아 도시에선 별로 볼 수 없던 눈이 산엔 풍성하게 남아 있다. 지난가을에 떨군 잎을 눈 속에 깊이 묻고 서 있는 나무들의 가장귀가 흰 바탕을 깔고 섬세한 부분까지 돋보인다. 그럴싸해서 그런지 가장귀의 선이 아불아불 부드럽게 부풀어 보인다. 시냇가에서 돌을 던지던 아이가 "할머니 내 발이 없어졌어"라고 외치고 깔깔댄다. 눈 속에 발목까지 파묻힌 제 발을 보고 하는 소리다. 그 표현이 재미있어 나도 따라서 소리 내어 웃는다. 감기 들까봐 그만 놀리려도 아이들은 막무가내다. 안 춥단다. 하긴 양지쪽엔 뭔가 파릇파릇하고, 저만치선 버들강아지의 솜털이 배시시 웃고 있다. 그러고 보니 저번에 왔을 때만 해도 시냇가에 섬세한 무늬를 이루고 있던 얼음장이 흔적도 없지 않은가. 산엔 겨울만 가장 오래 남아 있는 줄 알았는데 봄도 가장 먼저 와 있다. 이미 얼음장을 녹여버리고 마음놓고 흐르는 시냇물 소리와 아이들의 재잘거림의 어울림은 활기찬 봄의 소리였다. 아이들의 볼이 복사꽃처럼 피어난다. 그러나 나는 품속으로 파고드는 추위를 이기지 못해 먼저 계곡에서 길가로 올라온다. 그런 나를 화톳불이 기다리고 있다. 차를 파는 노점 앞이다. 계곡으로 내려가기 쉬운 골목마다 그런 장사꾼은 지키고 있게 마련이다. 따끈한 차가 그립기도 하지만 무엇보다도 화톳불이 반갑다. 다방에서 파는 차는 죄다 파는 노점이지만 옆에 통나무 장작을 쌓아놓고 있어 탈속한 분위기를 만들고 있다. 화톳불을 쬐면서 나무 타는 냄새를 맡는 행복감을 무엇에 비길까. 꽁꽁 언 손을 불에 쬐는 행위 속에는 내 유년기의 행복감뿐 아니라 내 핏속에 누적된 먼먼 조상의 단순한 행복감까지 거슬러올라간 듯한 착각이 있다. 기분을 내기 위해 칡차를 시킨다. 커피 가루 비슷한 걸 즉석에서 타준다. 칡뿌리에서 즙을 짜서 줄 것을 기대한 건 아니건만 조금은 실망스럽다. 그러나 주인이 화톳불가로 의자까지 갖다주니 곧 실망은 풀려버리고 만다. 처음 먹어보는 차라 무슨 맛인지 모르겠다. 칡뿌리 맛이 어떻다는 건 알고 있지만 그걸 좋아하진 않았다. 그래도 조금씩 조금씩 다 마신다. 무슨 차를 시킬까 잠시 망설일 때 몸에 좋다고 권하던 주인의 말을 믿어서가 아니라 장작 타는 냄새를 타 마시는 맛이 그럴듯해서였다. 순전히 기분이었다. 거기까지는 잘 나갔는데 그다음엔 그만 큰 실수를 하고 말았다. 칡차를 마시고 난 일회용 컵을 무심히 화톳불에다 던진 것이다. 무심히라고 했지만, 그건 분명히 종이였고 종이와 나무는 한통속이라는 게 그 순간의 내 무의식의 내용이었으리라. 종이컵은 그 왕성한 불꽃 속에서도 단박 타지 않고 한동안 고대로 있다가 서서히 우그러지면서 진한 연기를 내뿜었다. 시커먼 비닐봉지가 줄줄이 날리는 것처럼 불투명하고 기분 나쁜 연기였다. 어쩌다 바람의 방향이 바뀌면서 그 연기가 내 얼굴로 확 끼쳤다. 눈이 맵고 쓰리게 독한 연기였다. 나는 얼굴을 감싸면서 아아, 벌받는구나 싶었다. 산의 청량한 공기가 눈의 독기를 깨끗이 씻어낸 후에도 그때 순간적으로 떠오른 이러다 벌받지, 싶은 생각은 좀처럼 가시지 않았다.

내 나름으로 누리는 기쁨

　작년 늦가을 아침을 굶고 비행기로 강릉까지 간 적이 있다. 그 전날 밤 마음을 트고 지내는 친구하고 전화질을 하다가 여름에 남들 다 가는 바캉스 한번 못 가보고 가을에도 역시 단풍이 들었는지 말았는지 한눈 한번 팔 새 없이 지낸 걸 한탄하다가 즉흥적으로 떠오른 발상에 의해서였다. 이왕 서울을 벗어나려면 좀 멀리, 그러나 갔다 왔다 하는 데 시간 다 보내고 정작 목적지에선 번갯불에 콩 볶아먹듯이 휘딱 점심이나 먹고 돌아오는 짓 하려면 차라리 가지 말기, 그러고도 반드시 당일치기여야 할 것 등 말도 안 되는 요구 조건을 늘어놓다가 비행기를 이용하면 안 될 것도 없다는 데 생각이 미쳤던 것이다.

　국내 여행에 비행기를 이용한다는 건 제주도를 빼면 그닥

내키지 않는 일이었다. 아무리 멀리 가도 한 시간 미만의 짧은 비행시간에 비해 공항까지의 머나먼 길이 너무 부담스럽기 때문이다. 그러나 그날은 강릉까지 가는 첫 비행기를 타기 위해선 출근 시간 전에 집을 떠나야 했기 때문에 한 번도 안 밀리고 일사천리로 공항에 도착할 수가 있었다. 김포에서 강릉비행장까지는 삼십 분밖에 안 걸린다. 붕 떠서 동산 하나를 넘는가 했더니 벌써 강릉이었다.

선교장船橋莊과 그 근처 마을을 한가롭게 어슬렁거릴 것, 그러고 나서 경포호와 동해 바다를 다 같이 볼 수 있는 횟집에서 소주를 마시며 마냥 노닥거릴 것 정도가 우리의 계획이었기 때문에 시간은 충분했다. 저녁 비행기까지 무려 열 시간도 넘게 남아 있지 않은가. 흐뭇했다. 흐뭇한 김에 계획에 없는 일을 하나 보기로 했다. 친구도 나도 속이 헛헛했다. 커피 한잔으로 때운 속은 출출하다못해 쓰려오기 시작했다. 그날 하루만은 절대로 서두르지 말고 시간 붙들어 매놓은 것처럼 늑장을 부리자는 약속을 깨고 우리는 서둘러 택시를 잡았다. 그리고 초당순두부가 유명하다고 어디서 얻어들은 게 생각나 그리로 가자고 했다. 될 수 있으면 잘하는 집 앞에서 내려달라고 부탁했건만 기사가 내려준 집은 잡화상과 순두붓집을 겸한 볼품없는 구멍가게였다. 손님 없이 썰렁한 가겟방에서 주인 식구들이 아침을 먹고 있었다. 손님의 쓰린 속과는 아랑곳없이 자기네 먹을 것 다 먹고 느릿느릿 차려내온 순두부백반은 그러나 따끈하고 부드러웠다. 우린 둘이서 삼 인분을 먹고 멀리 오길 참 잘했다고 호들갑을 떨었다. 주인이 호기심어린 표정으로 서울서 비행기 타고 이 순두부를 먹으러 왔느냐고 물었다. 그렇게 말하는 소리를 들으니 그런 것도 같아 그렇다고 했더니 놀라는 눈치였다.

그리고 "아짐씨들은 참말로 호강허네요" 했다. 그러나 비꼬거나 시기하는 투는 전혀 아니었다. 오히려 기분이 무척 좋아 보였다. 자기네 순두부를 먹으러 손님이 오백 리 밖에서 날아왔다고 생각하면 기분이 좋은 정도가 아니라 두고두고 으스댈 만한 일이었을지도 모른다. 우리도 호강을 한다고 생각하니 기분이 좋았다. 호강이란 편안함, 호화로움, 남이 부러워할 만한 일 등이라고 생각할 때 그날의 당일치기 여행은 순두부에서 시작해서 온통 호강이었다. 교통수단 중에선 제일 비싼 비행기를 이용한 것도 실은 시간과 살림에 매인 몸이라는 지극히 궁상스러운 이유에서였고, 그 밖엔 하나도 큰돈 들 일 없는 평범하고 간소한 나들이였음에도 불구하고 지금까지도 굉장한 호강을 한 기억으로 남아 있다. 그때 순두붓집 주인의 무심한 한마디가 아니었으면 그런 사고의 전환은 불가능했을지도 모르겠다.

며칠 전엔 순전히 맛을 찾아 몇 시간을 허비한 적이 있다. 잡곡밥에 우거짓국을 잘한다는 집은 강북의 서쪽 끝에 있었다. 우리집은 강남의 동쪽 끝이다. 용건이 있어 우리집 근처 다방에서 만난 몇몇 친구 중의 하나가 앞장을 섰는데 그 친구는 길눈이 밝은 편이 못 됐다. 또 서너 명씩 몰켜 서 있을 때, 택시 잡기가 얼마나 힘들다는 건 세상이 다 아는 바고 해서 우리는 버스와 전철을 번갈아 타고 그 동네 근처에서 비로소 택시를 잡을 수가 있었다. 길눈 어둔 친구 때문에 기사 아저씨로부터 들입다 지청구를 맞아가며 천신만고 당도한 우거짓국집은 문이 닫혀 있었다.

납작하고 허술한 양기와집 대문에 붙은 '일요일은 영업을 안 합니다'라는 팻말 앞에서 우리는 맥이 풀렸지만 괜히 비죽비죽 웃음이 났다. 일요일을 쉴 수 있다는 게 먹고살 만해졌다는 소리로 들렸고 그런 외진 동네에서도 맛의 특색만 지키면 먹고살 만하다는 게 유쾌했다. 무려 두 시간이나 걸려서 허탕을 치고 만 우리는 어지간히 시장했다. 그러나 뱃속은 아무거로나 채워주기보다는 맛을, 맛 중에서도 우리 맛의 진수를 맛보길 잔뜩 고대하고 있었으므로 다시 길고 긴 순례길에 올랐다. 이번엔 서울의 동쪽 끝을 벗어난 광주군에 있는 백반집이었다. 요행 중형 택시를 잡을 수가 있었고 요금을 좀더 주기로 했다. 그 집도 일요일엔 영업을 안 하면 어쩌나 걱정이 안 되는 것도 아니었지만 내친김에 가는 데까지 가보리라는 묘한 오기는 서로 상승작용을 일으켜 아무도 못 말릴 기세였다. 다행히 그 집은 월요일 날 쉰다고 했고 많은 손님이 붐비고 있었다. 맛있게 배불리 먹고 난 값은 어쩌나 싼지 그날 들인 교통비의 반도 안 됐다. "미쳤어, 배보다 배꼽이 크잖아", 이렇게 뇌까렸지만 후회는 아니었다.

굉장한 호강을 한 기분이었다. 싼 음식을 찾아서도, 영양가나 사치스러운 분위기를 취해서도, 이만저만한 데서 식사해보았노라고 자랑하기 위해서도 아닌 순전히 맛을 찾아 불원천리했다는 건 얼마나 큰 호강인가.

요새는 좀 덜해졌지만 얼마 전까지만 해도 가장 호화판 식사로 몇몇 호텔의 뷔페를 꼽았었다. 그러나 나는 그런 데서 식사를 할 때처럼 자신을 궁상스럽게 느낄 적도 없었다. 남이 내든 내가 내든 간에 비싼 음식값이 부담이 돼서 많이 먹어야지 벼르게 되고 즐비한 영양식 중 어떤 게 시가로 더 비쌀까 계산까지 해가며 손해를 덜 보려 드니 가뜩이나 양도 크지 않은데 식욕이 날 리가 없었다. 가짓수만 많지 그 맛이 그 맛 같은 걸 조금씩 끄적거리면서 배고팠던 시절을 머나먼 옛날처럼 회상하며 그동안 우리가 얼마나 잘살게 됐나 감격씩이나 하는 사이에 식욕은 아주 사라지고 강박관념만 남는다.

내가 언제 적부터 잘살게 됐다고 이런 옥반가효玉盤佳肴, 산해진미를 시큰둥하게 바라보기만 하나. 먹어라, 먹어, 가난했던 시절은 그만두고라도 들인 돈 생각을 해서라도 먹어두는 거야. 이런 강박관념은 궁상의 극치지 결코 호강일 수는 없다. 우리가 잘살게 된 것만치 호강을 하고 싶고 그래서 뷔페보다도 식도락을 취하고 싶다.

남 나름으로 생각하던 걸 내 나름으로 생각함으로써 누릴 수 있는 기쁨은 의외로 많다.

이 큰 도시에서 내 차 없이 사는 게 불편하기도 하지만 가로로 또는 세로로 이웃한 아파트 주민 중 차 두 대 있는 집은 있어도 한 대도 없는 집은 내 집밖에 없는 것 같아 나도 한때는 운전을 배워보고 싶어 안달을 한 적이 있다. 그 방면에 소질 없음을 절감하고 나자 그렇게 편안할 수가 없다. 대개는 전철이나 버스를 이용하지만 어쩌다 택시를 타고 교통 체증의 한가운데서 마냥 지체하면서 운전기사한테 구박까지 받아야 할 때는 차를 사고 싶기는커녕 차 없이 사는 거야말로 이 도시에서 내가 누릴 수 있는 가장 큰 호강이다 싶어진다. 호강일 뿐 아니라 나 하나라도 차를 안 가졌다는 게 내가 이 사회를 위해 할 수 있는 가장 구체적인 공헌이다 싶기도 하다.

내가 문단에 나온 지 얼마 안 돼서였으니까 아마 1970년 대 초였다고 생각된다. 21세기에 우리 생활이 어떻게 달라질 지 상상해서 쓰는 글을 청탁받은 적이 있다. 청탁의 취지가 낙 관론보다는 반反유토피아적인 발상을 부추겼던 것 같다. 자세 한 것은 생각이 안 나지만 그때 나는 온 나라 안의 길이란 길 은 다 시멘트로 포장되고, 사람들마다 두 발에 신을 꿰신는 대 신 차를 한 대씩 가진 세상을 가장 끔찍한 세상으로 가상했었 다. 물론 세상이 정말 그렇게 될 리도 없지만, 그렇게 될 때까 지 내가 살 리도 없다는 생각이었으니 내 딴엔 굉장히 먼먼 앞 날을 가상한 셈이었다.

그러나 21세기가 되기도 전에, 그리고 내 생전에, 나는 설 마 하고 가상한 세계를 직접 보고 있다. 사람마다 제 발바닥보 다 조금 넓을까 말까 한 신발 넓이로 걸어야 소통이 원활하게 설계된 도로를 발바닥 넓이의 백배도 넘는 차를 제각기 한 대 씩 꿰차고 나와 앞을 다투는 모습은 전쟁을 방불케 한다. 거기 안 끼어들 수만 있다면 그만한 호강도 없다. 물론 밀릴 시간에 전철이나 버스의 혼잡도 살인적이지만 나 같은 사람은 출퇴근 을 안 해도 되니까 그 시간을 피할 수가 있고, 또 웬만한 고생

은 나는 이런 방법으로 이 사회에 공헌을 하고 있다고 위로를
할 수도 있다. 다만 아직도 고통스러운 건 어쩌다 이용하는 택
시 기사의 날로 심해져가는 구박과 무시이다. 나는 내가 누리
고 있는 호강을 기사만은 좀 알아줬으면 싶다. 우리 속담에 뺨
을 맞아도 금가락지 낀 손에 맞는 게 낫다는 말도 있듯이 안에
서 호강하는 사람은 겉으로도 부티나 귀티가 나서 남한테도
무시 안 당하고 대접을 받을 수가 있는 법인데 기사 아저씨들
한테는 도무지 그게 안 통한다. 자기 차를 이용하는 손님을 우
선 얕잡기부터 한다. 손님이 있어야 자기도 먹고산다는 최소
한의 직업의식도 없이 우선 짚세기 한 짝도 꿰신지 못한 맨발
의 가난뱅이 보듯 하고 온갖 구박과 투정을 다 한다. 그저 죽
여줍쇼 처분만 기다리는 수밖에 없다. 요새 택시 타기처럼 참
을성과 겸손과 극기를 요하는 일도 없다. 그러나 그것도 호강
이라고 못 생각할 것도 없다. 최고 권력자하고도 평등하되 누
구한테도 겸손할 수 있는 자존심의 폭을 가질 수만 있다면 그
런 정신의 호강이 또 어디 있겠는가.

이 글을 쓰기 전에도 그러했지만 급하게 쓸 글이 있을 때일
수록 급하지 않은 딴짓을 하게 된다. 발판을 놓지 않으면 손이
안 닿는 책장 맨 위 칸의 먼지를 닦아낸다든가 모아놓았던 우

편물 중에서 쓸데없는 걸 골라내서 찢어버린다든가, 서랍장 정리 등 불요불급한 일이 왜 하필이면 그런 급한 시간에 하고 싶어지는지 모를 일이다. 그런 일은 그래도 자취라도 남지만 어떤 때는 무작정 집안을 오락가락할 때도 있다. 온종일 오락가락하면 그것도 수월치가 않다. 밤에 자다가 장딴지에 쥐까지 오르는 걸 보면 십 킬로는 걸은 게 아닌가 싶을 때도 있다. 오늘은 어떻게든지 글을 써야 된다고 전화 코드도 빼놓고 식구까지 아예 외출을 시켜버리고 온종일 그 짓만 하고 말 때도 있다. 그럴 땐 발밑에 밟히는 게 양회 바닥이 아니고 조금은 탄력이 있는 맨땅이나 잔디였으면 싶기도 하고, 훌쩍 대문을 나서면 맨땅이나 시냇물이나 숲이 있는 동네에 산다면 이렇게 우리에 갇힌 것처럼 답답하고 비참해지진 않으련만 하는 생각이 들기도 한다. 또 오래된 우편물을 이루 다 보관할 수가 없어 한꺼번에 찢고 앉았으면 마음이 이루 말할 수 없이 각박해진다. 만일 그런 것을 태울 수 있는 벽난로가 있는 집에 살 수만 있다면 그런 절망적인 각박감에서 구원받을 수가 있을 것 같아진다. 결국은 남들 보기엔 꽤 괜찮아 보이는 아파트에 살면서 단독주택을 꿈꾼다는 얘긴데, 누구한테 그런 얘기를 해도 꿈 이상으로는 봐주지 않는다. 말은 그렇게 해도 절대로 실행은 못할 거라고들 한다. 사람은 불편에서 편리로는 쉽게 길

들여져도 편리하게 살다가 불편하게는 못 살게 돼 있다는 것이다. 단독주택에서 살기 위해 각오해야 하는 가장 큰 불편 중에서 사람마다 공통적으로 두려워하는 건 집을 함부로 못 비운다는 거였다. 그러나 나는 그런 걱정을 들을 때처럼 속으로 은근히 즐거워질 적도 없다. 시골에 가보면 아직도 문 열어놓고 집 비우는 집이 대부분이다. 집안을 들여다보면 내가 갖고 있는 것보다 훨씬 신식의 세탁기, 냉장고, 텔레비전쯤은 다들 구비하고 사는데도 말이다. 요는 그런 건 이제 도둑의 목표물이 아니란 얘기다.

나는 도둑이 즉시 현금으로 바꿀 수 있는 귀금속이나 모피는 갖고 있지 않다. 생활에 필요한 가전제품은 다 갖추고 살지만 그나마 다 구닥다리다. 작동이 안 될 때까지는 쓸 작정이다. 이만하면 문 열고 살아도 될 것 같다. 십만원 내외의 현금이 떨어진 적은 별로 없으니까 혹시 모르고 들어온 도둑이 있어도 허탕은 치지 않을 것이다. 도둑이 무서워서 문만 열면 흙이나 잔디를 밟을 수 있고 숲이나 산을 바라볼 수 있는 시골집에서 살 수 있는 꿈을 버릴 필요는 없을 것 같다. 그러고 보니 귀중품이 없이 산다는 것도 가난스럽기는커녕 내가 누리는 가장 큰 호강 중의 하나로 꼽아주고 싶어진다.

꿈을 꿀 수 있는 한 세상은 아직도 살 만하다. 만일 그런 꿈도 없다면 무슨 맛으로 일을 하고 돈을 벌고 쓰고 남는 건 저축도 하고 최소한의 경제생활이나마 영위할 수 있을 것인가. 그러나 꿈을 꾸기 위해선 먼저 감정이 독자적이지 않으면 안 된다. 꿈처럼 독창적인 것도 없기 때문이다.

어린 시절, 7월의 뱀장어

 식생활지의 원고 청탁이라 계절 이야기도 음식과 관계되는 계절 이야기여야 할 것 같아 '7월엔 뭐가 먹을 만했더라?' 하고 이것저것 생각해보았지만, 어려서부터 여름만 되면 우선 입맛부터 떨어지는 체질인지라 마땅한 게 선뜻 떠오르질 않는다.

 여름 아닌 계절에도 편식이 심해 어려서는 말라깽이란 별명을 들을 만큼 뼛적 말랐었다. 여름방학 때 시골에 내려가면 숙부는 내 손목을 쥐어보고 나서 보補할 것 좀 해먹여야겠다고 혼잣말을 중얼거리고 나서 광에서 그물을 꺼냈다. 그물은 일 년 내내 쓰지 않았던 듯 그때 비로소 손을 보고 풀을 먹이는데, 쌀풀이나 밀풀이 아닌 계란풀을 먹였다.

계란을 스무 개 정도 깨뜨리면서 흰자 노른자를 분리해 흰자로 풀을 먹였다. 노른자는 알찌개를 해서 어른 아이가 다 포식을 할 수가 있었다. 숙부의 그물은 쳉이그물이라고, 원추円錐 모양으로 생긴 건데 꼭지에는 긴 끈이 달리고 넓게 퍼진 자락에는 긴 납으로 된 추들이 달려서 몹시 무거웠다.

숙부는 그물을 어깨에 메고 나는 사촌들하고 종댕이를 들고 뒤를 따랐다. 꼭지에 달린 끈을 잡고 개울이나 저수지 물을 향해 그물을 던지면 그물은 커다란 원을 그리며 좍 퍼진다. 헐렁한 바짓가랑이를 무릎 위까지 걷어올리고 수면을 향해 투망하는 숙부의 모습은 참으로 보기가 좋았다. 좍 퍼진 그물이 바닥에 닿았을 무렵 천천히 끈을 당기면 퍼졌던 그물은 우산처럼 죄어들면서 그 안에서 물고기들이 비늘을 번득이면서 운동을 한다.

구경을 하고 있으면 숨이 막힐 듯이 긴장이 되었다. 비늘이 무지갯빛으로 화려한 것도 있고, 시커먼 메기도 있고, 물 밖에서도 좀처럼 죽지 않고 날뛰는 붕어도 있었다. 그러나 숙부의 목표는 그런 것들이 아니라 뱀장어였다. 숙부는 아무리 많은 물고기가 잡혀도 허탕 친 얼굴을 하고 그걸 다 놓아주고는 다시 장소를 바꾸어 그물을 폈다. 허공에서 넓고 둥글게 퍼진 그물이 수면을 때리는 모습은 아무리 보아도 싫지가 않았다. 그러다가 뱀장어가 잡히면 한바탕 소동이 벌어졌다. 그놈은 생기기가 뱀 같고 기운이 장사여서 우리 계집애들은 비명만 지르고, 숙부 혼자서 그놈과 투쟁을 해야만 했다.

종댕이에 망이 씌워져 있다고는 하지만 그 시절의 허술한 종댕이는 그 기운이 펄펄한 뱀장어를 가두기엔 부족했다. 돌로 머리를 쳐 반쯤 죽여서 종댕이에 넣어야 했다. 그 일을 하는 숙부는 물고기를 다 놓아주던 숙부답지 않게 무섭고 잔인해 보였다. 동구 밖 개울과 산 너머 저수지엔 물고기가 지천으로 흔해, 읍에서 가끔 양복쟁이들이 나와 천렵을 즐기고 가곤했지만 뱀장어는 흔하지 않았다. 뱀장어를 한 마리도 못 잡는 날은 마지못해 손바닥만한 붕어라도 몇 마리 추려오지만 그 밖의 물고기를 잡는 일은 없었다.

해산어머니가 젖이 잘 안 날 때 메기가 좋다고 해서 누가 특별히 부탁을 할 때에 한하여 메기도 잡았다. 가까이에 물이 흔하고 물속엔 물고기들이 얼마든지 살고 있어서인지 자연보호라든가 수자원 보호라든가 하는 기특한 생각이 전혀 없이도 꼭 필요한 것만 취하고 그 이상은 욕심을 부리지 않았다.

뱀장어는 귀하고 애써 잡은 것이니만치 그 맛이 진미였다. 산 채로 배의 선을 따라 짝 갈라서 소금만 약간 뿌려 화로에다 석쇠를 올려놓고 구우면 기름이 많이 나와 불꽃이 걷잡을 수 없이 일었다. 알맞게 구워진 뱀장어를 등뼈가 붙은 채 꼭꼭 씹으면 기름지면서도 고소하고 감미로운 맛이 일품이었다. 당장 살이 옴포동이같이 찔 것 같았다.

이렇게 맛있는 뱀장어만 취했다고 해서 그때 우리집이 특별한 미식가 집안이거나 부자여서 딴 고기가 흔했던 것은 결코 아니다. 어디서 간고등어 한 손만 생겨도 매우 귀하게 여겨 어른들 상에나 올리고 새우젓도 '괴기'라 부를 정도로 육식에 굶주렸었다.

우리집뿐 아니라 온 동네 형편이 비슷했건만 너무 바빠서 였는지 게을러서였는지 개울과 저수지에 얼마든지 있는 물고기에는 무심했었다. 한강 물이 미처 되살아나기도 전에 손가락만한 치어까지 낚아올리는 낚시꾼들을 텔레비전 화면으로 보면서 문득 옛날 고향 사람들의 어리석음이 그리워진다.

미망未忘에서 비롯된 것들

처음으로 미국 땅에 발을 디뎠을 때 일이다. 외국 여행이 처음은 아니었지만 혼자서 외국에 나가보긴 그때가 처음이었다. 그러나 단신 낯선 나라의 낯선 거리를 서성거려보는 것은 나의 오랜 꿈이었기 때문에 불안감은 전혀 없었다. 세관 검사대에서 내 가방의 지퍼를 풀려다 말고 남자인지 여자인지 구별이 잘 안 되는 흑인 세관원이 물었다. 간단한 말이었다. 그건 문장이 아니라 단어였다. 그러나 처음 가본 미국이 최초로 나에게 걸어온 짧은 말을 나는 알아듣지 못했다. 내 귀엔 '횟셔스?'로 들렸고 나의 해득력으로는 물고기나 어부 정도로밖에 해석이 안 됐다. 그러나 그런 해석은 그때의 상황에선 너무 황당했다. 요는 무슨 말인지 못 알아들은 거였다. 나는 몹시 주

눅이 들어서 옷이라고 대답했다. '클로딩'이란 발음도 제대로
한 것 같지 않았고, 상대방이 알아들은 것 같지도 않았지만 그
흑인 세관원은 지퍼를 열다 말고 통과시켜주었다. 그러나 최
초의 한마디를 못 알아들은 충격은 좀처럼 가시지 않았다. 비
로소 혼자라는 사실이 오싹 살갗을 시리게 했다. 설상가상으
로 공항에는 아무도 마중나와 있지 않았다. 사람들은 신속하
게 흩어지고 KAL을 타고 갔건만도 주위에서 들리는 말 중에
우리말은 한마디도 없었다. 그게 그렇게 처량하고 외롭고 슬
플 수가 없었다. 여지껏 느껴본 어떤 고독감과 비애와도 다른
것이었다. 곧 마중나온 딸네 식구들과 만났지만 막막한 외톨
이의 느낌은 가시지 않았다.

　낯선 땅에서 첫마디를 못 알아들은 충격은 그후 두 달 가까
운 체류 기간 동안 줄창 따라다니면서 나를 우울하게 했다. 나
는 당초의 계획과는 달리 혼자서는 꼼짝을 못했고, 딸이나 사
위하고 같이 간 번화가의 잡답이나, 구경거리가 있는 장소의
기나긴 줄 서기의 한가운데서도 귀에 들리는 남의 말을 한마
디도 알아들을 수 없다는 데 울고 싶도록 막막한 불행감을 맛
보았다. 그런 불행감엔 어떤 신기한 구경거리도 위로가 되지
못했다. 용기를 내어 혼자서 동네 한 바퀴를 돌거나 노상 벤
치에 우두커니 앉아서 행인을 바라볼 때도 홀로라는 게 조금

도 감미롭지가 않았다. 만일 내 나라나 이 세상에 미증유의 천재지변이나 정변이 일어나 영영 고국에 돌아갈 수 없는 불상사가 생긴다면 나는 어떻게 될까? 이런 황당한 공상을 하기도 했다. 그럴 때면 소녀처럼 여린 마음이 되어 자살에 대해서 생각하곤 했다. 말을 못 알아듣는 고장에선 설사 일생 동안 안락하게 호강을 시켜준다 해도 살 수 있을 것 같지가 않았다.

귀국해서 제일 마음이 놓이고 기뻤던 것도 역시 와자지껄 들리는 소리가 다 내가 귀만 기울이면 뜻이 통하는 우리말이라는 거였다. 실은 귀기울일 것도 없었다. 우리말의 가락만으로도 충분했다. 우리말의 가락이야말로 나의 놀던 물이었고 놀던 물을 다시 만난 기쁨은 차라리 행복감이었다. 나는 물을 갈기엔 너무 늙어버린 것일까? 줄창 말과 씨름해야 되는 직업 때문일까? 둘 다일지도 모르겠다. 또 여행이 아니라 잠시지만 체류였기 때문에 새로운 것을 본다는 기쁨보다는 물을 갈 때의 이질감을 더 실감한 게 아닌가 싶기도 하다.

오며 가며 스치는 말이나 시장 바닥, 버스 간, 전철 속, 줄서기중에 들리는 말들은 구태여 귀기울여 뜻을 알아듣지 않더라도 그 친근한 가락만으로도 마음이 놓인다고 했지만, 그중에서 한마디나 한 구절이 내 감수성을 짜릿하게 건드리는 맛 또한 여간 아니다. 그럴 때는 바로 그 말을 낚으려고 낚싯대를 드리우고 있었던 것처럼 순간적인 긴장과 기쁨을 맛본다. 밑도 끝도 없는 한마디 말이 방금 낚아올린 붕어처럼 싱싱하고 기운차게 비늘을 번득일 적도 있지만 제법 긴 사연이 그물에 걸린 한 떼의 어군魚群처럼 흡족하게 요동을 칠 적도 있다. 그러나 이렇게 걸려든 말이나 사연은 대개는 일시적인 기쁨으로 끝나고 만다. 나의 망각 작용은 물을 떠난 고기보다 더 빨리 걸려든 말들을 죽여버리고 만다. 나이들수록 망각 작용은 더욱 활발해져서 그때그때 메모라도 해둘걸 싶기도 하지만 아직은 실행을 못하고 있다. 새로운 습관을 들이는 걸 번거로워하는 게으름 때문이기도 하지만 그럼에도 불구하고 즉시 죽어버리지 않고 오래 살아 요동치는 말들이 남아 있기 때문이다. 그럼에도 불구하고 살아 요동하는 말들은 살려낼 도리밖에 없다. 그런 말은 낚는 것이 잘못이다. 그러나 주로 어떤 말이나 사연을 낚아올리는 건지 내가 한 일이건만도 내 낚싯대나 그물의 메커니즘에 대해선 나도 아는 바가 별로 없다. 내가 아는 건 그런 말을 내 속에 가둬놓는 괴로움에서 놓여나는 방법은 소설 속에 풀어놓는 길밖에 없다는 것뿐이다. 내 소설의 발상은 다 내 경험을 관찰하거나 남의 경험을 엿듣다가 문득 걸려든 한마디 말에서 비롯됐다고도 볼 수 있다. 간혹 남이 큰마음 먹고 한 무더기의 소설 줄거리를 갖다줄 적이 있다. 자신의 기막힌 경험담이나 기구한 팔자를 고스란히 털어놓으면서 이만하면 굉장한 소설거리가 되지 않겠느냐고 말하는 분을 더러 만나게 되는데 이상하게도 그렇게 다 차려준 밥상에 구미가 동한 적은 아직 한 번도 없었다. 작은 힌트조차 얻은 것 같지 않으니 고약한 성미라 하지 않을 수 없다.

무심히 얻어들은 한마디가 잊혀지지 않을 뿐 아니라 상상력을 자극해 온갖 이미지를 보태면서 되살려내라고 아우성치는 것 같은 느낌은 비단 소설가가 되고 나서 생긴 버릇만은 아니다.

열다섯 살이 되던 해의 일이니까 해방되던 해의 정월이었을 것이다. 방학하자마자 귀향하지 못하고 서울에서 신정을 쇠고 내려간 것도 기차표 구하는 게 여의치 않아서였다고 기억된다. 전쟁 말기라 기차는 표 구하기도 어려웠지만 연착도 잘했다. 특히 겨울엔 마냥 걸렸다. 해 있을 때 개성역에 내리긴 했지만 해 안에 이십 리 밖의 고향집에 당도할 것 같지가 않았다. 더군다나 산과 들이 온통 적설 강산이었다. 예기치 못한 사태는 아니었다. 그럴 때는 남산동 집에서 하룻밤 묵어가도록 어른들로부터 누누이 들은 바가 있어서 크게 당황하진 않았지만 남산동 집에 들른다는 게 결코 유쾌한 일은 아니었다. 남산동 집이란 고향집에서 조부모님을 모시고 사는 숙부님의 소실 집이었다. 숙부님은 그때 면서기였는데 이웃 마을에 사는 열 살이나 연상의 과수댁을 건드려 집안 망신을 시켰을 뿐 아니라 인근 마을에까지 자자한 스캔들을 뿌렸다. 그러나 두 분의 정분은 일시적인 불장난 이상이었던 듯 숙부님은 그 과수댁을 남의 눈이 빤한 시골에서 빼다가 개성 시내의 남산동에 살림을 차려준 지가 벌써 몇 년째였다. 그 과수댁은 뛰어난 음식 솜씨로 할머니의 환심을 제일 먼저 샀기 때문에 나도 할머니하고 몇 번 드나들어본 적이 있는 집이었다. 그러나 열다섯 살의 결벽성은 첩도 싫었거니와, 열 살 연상의 첩은 무조건 진저리가 쳐졌기 때문에 첩며느리 앞에서 웃는 할머니까지도 역겨웠다. 그런 남산동 집에 혼자서 들르려니 갈등이 없을 수가 없었는데 하필 숙부님까지 와 있었다. 면사무소의 신정 연휴 기간이었지 않나 싶다. 방이 둘이었는데도 그들은 부득부득 안방에서 같이 자자며 맨 아랫목에 내 자리를 깔아주었다. 두 분의 관계에 대한 혐오감과 호기심 그리고 불쾌감, 불결감이 뒤죽박죽이 된, 빨리 잠들어야 한다는 강박관념은 내 몸뚱이만을 솜이불 안으로 깊이 똘똘 뭉치게 했을 뿐 의식은 잠들기는커녕 이불 밖까지 촉각을 뻗치려 했다. 참으로 못 말릴 일이었다.

　그때 얻어들은 두 분의 얘기는 대강 이러했다. 소실 숙모가

살던 이웃 마을의 불탄 외딴집에 전해 내려오는 이야기 같았
다. 그 마을이 번성할 때도 그 집은 다 허물어져가는 폐가였
는데 염병으로 온 식구가 몰살을 하고 나서 그렇게 됐다. 다시
한차례 염병이 마을을 엄습해 장사로 소문난 부잣집 머슴도
그 병에 걸리자 주인이 그 집으로 내쳤다. 죽으면 집째 불살라
버릴 요량으로 아무도 그 집 근처엔 얼씬도 안 하고 멀리서 망
만 보는데, 어느 날 그 집에서 저절로 불길이 치솟았고 마을
사람들 중엔 슬피 울며 불붙는 집을 등지고 동구 밖으로 나가
는 젊은이를 보았다는 사람이 생겼다. 그러자 그보다 이십여
년 전에 배부른 몸으로 친정 나들이를 왔다가 배가 홀쭉해진
몸으로 시집으로 돌아간 후 목을 매 죽은 주인집 딸과 죽은 머
슴이 마을 사람들 입초시에 다시 오르내리게 된다. 주인집 딸
은 지체 높은 양반집으로 시집간 지 삼 년 안에 홀로된 수절
과부라고 했다. 둘 다 이 세상 사람이 아닌 두 사람을 놓고 한
껏 자유로워진 마을 사람들의 상상력은 마침내 불길 속에 얼
핏 보았다는 청년을 두 사람이 남긴 아들로 단정하기까지 이
른 듯했다. 여기까지가 그때 내가 엿들은 대강의 얘기 줄거리
지만, 벌써 사십여 년 전의 일이니 희미해진 부분도 있고 보태
진 부분도 있을 것이다. 내가 지금껏 못 잊고 생생히 기억하고
있는 건 그런 이야기 줄거리가 아니라 소실 숙모가 숨죽여 킬

킬대며 숙부한테 하던 다음과 같은 말이다.

"시상에 두엄데미만도 못한 무지랭이허구 고드름처럼 쌀쌀
허기루 소문난 양반집 며느리허구 어드렇게 배가 맞았을까."

어찌나 육감적인 말투로 그 말을 했던지 나는 진저리를 치
면서 이불 속에서 귀를 틀어막았다. 그때 내가 두려워한 건 그
다음에 두 분 사이에 어떤 일이 일어나나보다도 내 속에서 마
음대로 번성하는 성적인 상상력이었다.

그후 나는 오랫동안 그 말을 잊지 못했다. 소설가가 된 후로
는 그 말을 잊지 못했다기보다는 그 말에 시달려왔다고 하는
편이 더 정확할지도 모르겠다. 고향인 개성 상인 얘기를 써보
고 싶다고 생각해 연로한 고향 사람들을 찾아다니며 도움말을
청하고 자료를 수집하면서 소설이 될 만한 소재를 몇 개 얻었
건만 이상하게도 그걸 따로 독립시킬 수가 없었다. 결국은 두
엄더미만도 못한 무지렁이와 고드름 같은 대가댁 며느리의 정
염을 기둥 줄거리로 한 채 무수한 곁가지를 모아들인 데 지나
지 않았다. 너무 오래 가지를 키웠나보다. 장장 오천 장이 넘
는 이야기가 되고 말았다. 요새 거의 마무리 단계로 접어들고
있는 『미망』이 바로 그것이다. '미망'이라는 제목도 개성 특이
한 정신의 맥을, 억울하게 당한 걸 결코 잊어버리지 않고 있다
가 새로운 기운으로 승화시키는 데 있다고 본 내 나름의 견해

와 열다섯 살 적에 들은 후 도저히 잊어버릴 수 없는 한마디 말에 대한 부담감이 복합된 것이다.

　대부분의 내 소설은 도저히 잊어버릴 수 없음에서 비롯된 것들이다.

잃어버린 여행 가방

설 연휴 동안 받아만 놓고 미처 읽지 못한 문예지를 뒤적이다가 프랑스 작가 미셸 투르니에의 산문 중에서 매우 이색적인 경매 이야기를 보고 혼자서 웃은 일이 있다. 미국이나 유럽 쪽에서는 온갖 것을 다 경매에 부쳐서 잊혀진 사건에 대한 호기심을 유발하기도 하고 엉뚱한 사람이 이익을 보는가 하면 이미 죽은 사람의 비밀이 만천하에 드러나기도 한다. 고인이 된 지 오래인 왕년의 스타의 연애편지나 착용하던 신발, 속옷 등속이 고가로 팔렸다는 해외 토픽을 접하면 그걸 그렇게 비싸게 사서 어디다 쓰려는 걸까 공연한 걱정이 되기도 하고, 생전에 알려진 것과 전혀 다른 면이 드러난 편지가 공개되는 걸 보면 세속의 호기심은 저승길까지 마다않고 쫓아다니는 것 같아 섬뜩하기까지 하다. 투르니에가 쓴 경매는 그런 큰 이익이나 세인의 호기심을 겨냥한 게 아니라 지극히 사소하고 유쾌한, 서민적인 축제 같은 경매에 대해서이다. 매년 1월이면 독일의 루프트한자항공사에서 여행객들이 분실하고 찾아가지 않은 여행 가방을 공개적으로 경매에 부친다고 한다. 그 안에 무엇이 들어 있는지 모른다는 게 호기심을 자극하지만 굉장한 귀중품이 들어 있을 가능성은 거의 없다. 여행을 해본 사람은 다 아는 사실이지만 본인이나 항공사의 실수로 가방이 그 주인과 동시에 공항에 도착하지 못하는 경우가 더러 있다고 해도, 가방에 붙어 있는 작은 단서나 분실인의 신고만 가지고도 단시일 안에 주인을 찾아가게 돼 있다. 주인을 찾을 수 없는 가방은 그런 작은 단서도 없을뿐더러 잃어버린 주인의 애착과 성의까지 없다는 증거니까 귀중품이 들어 있으리라는 기대는 안 해도 된다. 그러나 마약이나 무기 혹은 시체 같은 게 들어 있을 가능성은 주인 있는 가방보다 높다고도 볼 수 있다. 하여 경매하기 전에 경찰이 미리 개봉하고 그런 위험물이 들어 있지 않다는 걸 확인한 다음 다시 밀봉을 한 후 무게만을 공개하고 경매에 부친다고 한다. 그러나 일단 자기 앞으로 낙찰이 되면 가방은 즉시 관중들 앞에서 개봉되어 그 내용물이 만천하에 공개된다. 낙찰자나 구경꾼이나 같이 낄

낄대며 즐거워하는 광경이 눈에 선하다. 타인의 사생활을 엿보고 싶은 숨은 욕망은 국적이나 개인의 인격 차에 상관없이 공통된 것인가보다.

그러나 내가 그 글을 주의깊게 읽고 이리저리 생각의 가지치기를 하게 된 것은 나의 개인적인 경험과도 무관하지 않다. 나도 여행 가방을 잃어버린 적이 있다. 내가 처음으로 해외여행을 한 해였으니까 지금으로부터 이십이 년 전이다. 전두환 정권 초기에 문인을 십여 명씩 일행으로 묶어서 공짜로 해외여행을 시켜준 적이 있었다. 이 주일 정도의 비교적 긴 여행이었고, 유럽의 몇 나라를 돌고 귀국길에는 인도를 거쳐서 오게돼 있었다. 처음 나가본 해외여행인데다가 인도가 마지막으로들른 나라였기 때문에 그동안 짐이 배로 불어나 허름한 보조가방을 둘이나 새로 사야 했다. 그중에서 가장 크고 튼튼한 것은 역시 집 떠나 있는 동안 갈아입을 옷이랑 내복 등속을 넣어간 큰 여행 가방이었다. 보조 가방 한 개와 내 짐 중에서 메인이라고 볼 수 있는 그 큰 가방을 인도 뉴델리공항에서 다른 문인들의 짐과 함께 단체로 부쳤는데 김포공항에 내리니 내 큰가방 하나만 빠져 있었다. 단체로 짐을 부칠 때 무게 문제로그쪽 공항에서 트집잡는 소리를 듣긴 했어도 곧 해결됐고, 내짐의 무게가 초과한 게 아니라 단체로 초과할 뻔한 거였으니 내 짐만 빠진 게 납득이 안 됐다. 설사 초과했다고 해도 초과 분에 운임을 더 먹이면 될 것이지 짐 하나를 빼앗는다는 건 상식 밖의 일이었다. 신고를 받은 우리나라 공항 당국에서 그런 일은 없다고, 곧 돌아올 거라고 했다. 그러나 그때 잃어버린 내 여행 가방은 영영 돌아오지 않았다. 그때 타고 온 비행기는 타이항공이었다. 석 달인가 지난 후 타이항공으로부터 이백 달러 정도의 보상금을 받았다. 짐 한 개당 무게를 이십 킬로그램으로 치고 일 킬로그램당 십 달러씩 계산한 거였다. 항공사 약관을 보니 적법한 거였다. 물론 그 석 달 동안 여러 번 공항에 드나들어야 했다. 내가 신고한 베이지색 가방과 치수가 비슷한 가방만 생기면 공항에서 확인하러 오라는 전화가 왔다. 주인 잃은 가방의 보관창고 구경만 실컷 하고 내 가방은 찾지 못했다.

다행히 선물이 든 가방 두 개는 무사해서 처음 외국 나간 엄마를 기다린 가족들을 크게 실망시키지는 않았지만, 나는 오랫동안 잃어버린 큰 가방 때문에 가슴앓이를 했다. 다양한 기후의 나라를 여행해야 했기 때문에 갈아입을 겉옷뿐 아니라 내복을 많이 준비해가지고 다니면서 한 번도 빨래를 하지 않았다. 만일 누가 그 가방을 연다면 더러운 속옷과 양말이 꾸역꾸역, 마치 죽은 짐승의 내장처럼 냄새를 풍기며 쏟아져나

올 것이다. 루프트한자항공이 아니었으니 경매에 부쳐 개봉하지는 않았겠지만 만일 겉모양만 보고 꽤 괜찮은 게 든 줄 알고 슬쩍 빼돌린 속 검은 사람이 개봉을 했다고 해도 창피하긴 마찬가지였다. 속 검은 사람 앞에서일수록 반듯한 내용물을 보여주고 싶었다. 그 안에는 때 묻은 속옷 말고 더 창피한 것도 들어 있었다. 파리에 들렀을 때에 슈퍼에서 봉지에 든 인스턴트커피를 잔뜩 사서는 옷 사이사이에 끼워넣은 것이다. 그때만 해도 국내에선 커피가 비싼 귀물이었다. 외국 갔다 오는 사람이 커피 한 봉지만 선물로 주어도 고맙고 반갑고 그랬기 때문에 나도 친지들에게 그걸 선물할 작정이었다. 지금 생각하면 얼마나 궁상맞은 선물인가. 나의 그 큰 여행 가방 안에는 1980년대 내 나라의 궁핍과 나의 나태가 고스란히 들어 있었다. 내 여행 가방을 연 속 검은 사람의 기대와 호기심은 단박 실망과 경멸로 변했을 것이다. 나는 그가 우연히 가방을 주웠든 혹은 정말로 속이 검었든 간에 내 가방을 열어보고 실망하고 분노하고 경멸했을 생각을 하며 오랫동안 심한 수치감으로 괴로워했다. 그후에는 여행을 떠날 때 절대로 양말이나 속옷을 많이 가져가지 않고 그날그날 빨아서 입는 습관을 들이게 되었다.

음력설까지 쇠었으니 이제 확실하게 한 살을 더 먹었다. 이

나이까지 건강하게 살았으니 장수의 복은 충분히 누렸다고 생각한다. 재물에 대한 미련은 없지만 내가 쓰고 살던 집과 가재도구를 고스란히 두고 떠날 생각을 하면 걱정이 이만저만이 아니다. 나의 최후의 집은 내 인생의 마지막 여행 가방이 아닐까. 내가 끼고 살던 물건들은 남 보기에는 하찮은 것들이다. 구석의 낡은 생활필수품 아니면 왜 이런 것들을 끼고 살았는지 남들은 이해할 수 없는 나만의 추억이 어린 물건들이다. 나에게만 중요했던 것은, 나의 소멸과 동시에 남은 가족들에게 처치 곤란한 짐만 될 것이다. 될 수 있으면 단순 소박하게 사느라 애썼지만 내가 남길 내 인생의 남루한 여행 가방을 생각하면 내 자식들의 입장이 되어 골머리가 아파진다.

그러나 내가 정말로 두려워해야 할 것은 이 육신이란 여행 가방 안에 깃들었던 내 영혼을, 절대로 기만할 수 없는 엄정한 시선, 숨을 곳 없는 밝음 앞에 드러내는 순간이 아닐까. 가장 두려워해야 할 것을 별로 두려워하지 않는 것은, 내가 일생 끌고 온 이 남루한 여행 가방을 열 분이 주님이기 때문일 것이다. 주님 앞에서는 허세를 부릴 필요도 없고 눈가림도 안 통할 테니 도리어 걱정이 안 된다. 걱정이란 요리조리 빠져나갈 구멍을 궁리할 때 생기는 법이다. 이게 저의 전부입니다. 나를 숨겨준 여행 가방을 미련 없이 버리고 나의 전체를 온전히 드러널 때, 그분은 혹시 이렇게 나를 위로해주시지 않을까. 오냐, 그래도 잘 살아냈다. 이제 편히 쉬거라.

2부

선하고 관대한 평화

아, 참 좋은 울음터로구나
—중국 만주 기행

올해는 나에게 역마살이 낀 해인 듯싶다. 5월부터 7월 사이에 연달아 해외 나들이를 세 차례나 할 기회가 있었다. 세번째가 중국이었는데 동독을 다녀온 지 겨우 서른여섯 시간 만에 또다시 비행기를 타야 했다. 내 나이로는 강행군이었다. 그럴 만한 절박한 목적이 있어서도, 새로운 고장에 대한 호기심이 새록새록 용솟음쳐서도 아니었다.

동행은 역사문제연구소 소장 이이화씨와 소설가이자 독립운동사에 전문가보다 더 해박한 지식과 열정을 지닌 송우혜씨였다. 그이들은 올해 초부터 집필에 필요한 취재와 답사를 위해 그쪽으로 떠날 준비를 하면서 나한테 같이 가지 않겠느냐고 물었다. 그때 나는 두 사람이 다 여행을 같이하기에 편한

상대다 싶었고, 식민지 시절 만주라 불리던 중국 동북지방의
지리와 역사에 대한 그이들의 박식함을 믿는지라 따라다니면
배울 것도 많겠지 싶어 그러자고 쉽게 응낙을 했다. 그러나 너
무 쉬운 대답은 믿을 게 못 된다. 꼭 가야 한다는 생각보다는
'가도 그만 안 가도 그만이겠지', 속으로는 경우에 따라 발을
뺄 궁리도 하고 있었다. 그러나 그때까지는 예정에 없던 러시
아 여행을 하는 사이에 그 막연한 약속은 여행사에 모든 수속
을 맡기는 데가지 구체화돼 있었고, 내가 다시 동독을 가게 되
자 그이들은 예정한 날짜를 연기해가며 기다리고 있었으니 나
도 의리가 있지 발을 뺄 엄두가 나지 않았다.

그렇게 되어 미처 짐을 풀 새도 없이 그대로 가지고 홍콩 가
는 비행기를 타고 나니, 처음 가보는 외국 풍물에 대한 기대나
설렘보다는 다리 뻗고 자고 싶은 생각만 간절했다. 이 나이에
할 짓이 아니다 싶었다. 자신의 딱 부러지지 못한 성질에 짜증
도 났고, 동행한 두 사람의 기대와 활기에 넘친 모습에 비추어
나의 목적 없음이 한심스럽기도 했다.

순전히 얹혀가는 꼴이었다. '그래, 기왕 얹혀갈 바에는 동행
에게 부담이나 안 되게 먼지처럼 얹혀가자, 먼지처럼 가볍고
부드럽게, 먼지처럼 자유롭게.' 그렇게 생각하니 전혀 새로운
여행이 될지도 모른다는 생각이 들었다.

외국에 나가면 다들 애국자가 된다고 한다. 나도 예외는 아니었다. 한시도 한국인임을 잊을 수 없음은 일종의 강박관념이었다. 경제 문화의 선진국을 처음으로 보았을 때의 열등감이나, 하나라도 더 보고 배워야지 싶은 사명감, 흉잡힐까봐 전전긍긍하는 자존심 들이 다 애국심에서 우러나온 콤플렉스였다. 여행이 자유로워지고 가까운 동남아로 여행을 많이 하게 되면서, 일부 관광객이 돈 씀씀이나 행동을 헤프게 하는 것도 실은 우리보다 못한 나라에서 안심하고 우리의 경제 발전을 뽐내보고 싶은 천진한 자부심의 발로가 아니었을까? 또 최근까지도 금기의 땅이었던 사회주의국가가 개방되자 앞을 다투어 구경하러 간 우리는 보고 듣는 것마다 사사건건이 사회주의의 실패와, 역시 자본주의가 우위였다는 걸 확인하기 위한 증거로 삼으려고 잔뜩 신경을 곤두세워야 했다. 그건 국내에 있을 때에 자본주의를 회의했거나 말거나와는 아무 상관도 없는 문제였다.

내가 홍콩 가는 비행기 안에서 유난히 피곤하고 도무지 신명이 나지 않은 것도 여행을 연달아 했기 때문이라기보다는 앞서 가본 두 나라가 다 최근에 개방된 사회주의국가였기 때문인지도 몰랐다. 체제에 대한 호기심은 얼마만큼 채워졌겠다, 비슷한 긴장을 하기가 싫었던 거였다. 남의 정치체제나 문화, 국민소득 들을 우리와 비교하지 않고 그 나름대로 사는 양상으로 그냥 바라볼 수는 없는 것일까? 될 수 있으면 자신이 한국인이라는 것까지도 잊어버리고 다만 여행자가 될 수 있다면, 그리하여 외국이나 외국인 앞에서 마음을 도사려 먹지 않고 그저 부드러운 시선으로 남의 좋은 것이나 나쁜 것을 있는 그대로 바라보고 즐길 수 있다면 그거야말로 새로운 경험이 될 터였다.

새벽부터 서둘러 아침 아홉시 비행기를 탔는데 북경에 도착한 것은 저녁 여섯시 무렵이었다. 갈아타면서 지체한 시간과 북경에서 실시하고 있는 서머타임 때문에 그렇게 된 거였다. 그러나 서울과의 한 시간의 시차마저 서머타임으로 상쇄가 돼, 시계를 맞출 필요조차 없다는 게 묘한 안도감을 주었다. 이이화씨와 친분이 있는 북경의 민족출판사 부주임 댁에서 맛있는 저녁을 얻어먹고 국제반점에 여장을 풀었다. 아침에 일어나보니 북경역이 바라다보였고, 큰길을 가득 메운 자전거의 흐름이 말할 수 없이 유연했다. 고요하고 느긋하면서도 생기가 넘쳐 보였다. 끝없이 흐르는 반짝이는 은빛 바퀴와 아침 바람에 나부끼는 머릿결과 색색가지 고운 치맛자락을 바라보면서 만약 저 많은 사람들이 자전거 대신에 자동차를 한 대씩 몰고 출근을 하게 된다면, 하고 상상하니 끔찍한 일로 여겨졌다.

구경을 나선 북경 거리는 호텔 창으로 내다본 것처럼 상쾌하지 않았다. 헉헉 숨이 막히게 더웠다. 우리의 복중 더위하고도 느낌이 달랐다. '아아, 이거야말로 진짜 대륙성기후라는 거로구나.' 나는 마치 우리의 대륙성기후는 가짜였다는 걸 발견한 것처럼 더위를 참을 수 없을 때마다 고개를 주억거리곤 했다. 북경에서 만리장성 같은, 관광객들이 주로 찾는 데를 두루 돌아다녔다. 내 상상력의 옹졸함 때문일까? 궁이나 능의 크기가 너무도 비인간적이라는 게 가장 강한 인상이었다.

못다 본 것은 돌아오는 길에 다시 찬찬히 보기로 하고 사흘 만에 연변으로 떠났다. 심양에서 갈아탄 연길 가는 비행기는 정원이 삼십 명에도 못 미치는 프로펠러 비행기인데다 이륙하기 전에 소나기를 만나 약간은 불안했다. 무사히 내려서 둘러보니 비행장은 시골의 버스 정류장 주변과 흡사했다. 촌에서 길을 잃은 것처럼 처량한 기분으로 길가로 나와 우두커니 서 있으려니까 한참 있다가 작은 트럭이 우리가 부친 짐을 싣고 나와서 나누어주었다. 비행장이라는 것에 대해 품고 있던 고정관념에 비추어 파격적이고도 정다운 방법이었다.

연길시 또한 연변 조선인 자치주의 주도라는 선입관을 가지고 상상한 것에 견주어본다면 아주 작고 한적한 곳이었다. 일천만이 북적거리는 거대도시에서 닳고 닳은 우리의 눈엔 읍쯤의 규모로밖에 안 보여 조금은 실망스럽기도 했다. 저녁에는 또 이이화 소장의 폭넓은 친분 덕으로 연변대학 도서관장 댁에서 융숭한 대접을 받았다. 여행 와서 호텔이나 식당 밥만 먹지 않고 그 고장 사람의 가정에 초대받아 가정 음식을 먹어볼 수 있는 것은 큰 복이었다. 도서관장 댁은 연변대학에서 걸어갈 수 있는 거리에 있는 아파트였는데 동네는 우중충하고 가꾸지 않아 좀 구질구질한 인상을 주었지만 내부는 딴 세상처럼 깔끔하게 정돈이 돼 있었다. 곱고 품위 있게 늙은 부인과 서로 동무라고 부르는 것도 우리를 인식하고 일부러 그런 것인지는 모르지만 듣기가 좋았다.

잘 먹고 연변대학 초대소에서 하루 자고 나서 백산호텔로 옮겼다. 좁은 고장에 여름이면 관광객이 많이 몰려 묵을 만한 숙박시설에서 방 구하기가 힘들었다. 『몽당치마』라는 소설로 중국의 유수한 문학상을 받은 바 있는 연변의 일급 작가 임원춘씨, 송우혜하고 서신으로 친해진, 연변 텔레비전 방송국 프로듀서이자 소설도 쓰는 이화숙씨와도 신속하게 연락이 닿았다. 나의 동행과 그이들이 서로 이마를 맞대고 앞으로 둘러볼

곳을 의논하는 것을 보면서 나는 소외감을 느꼈다. 그들이 마치 살던 동네 말하듯이 정답게 말하는 청산리, 봉오동, 용정, 어랑촌, 훈춘, 도문 등지에 대해 나는 아는 바가 별로 없었기 때문이다. 서로 일정을 의논해서 계획을 세우는 일을 연변식으로는 '회의하여 조직한다'라고 했다. 북한식의 어법이라고 여겼지만 우리는 곧 따라 했다.

우리에게도 처음에는 한국 사람이라고 하다가 어느 틈에 남조선 사람이라고 했다. 연변에 사는 매우 긍지 높은 조선족과의 동질감과 신뢰감을 위해서도, 조선족이 중국인을 가리킬 때 한족이라고 부르는 것과 명확하게 구별 짓기 위해서도 그게 편했다. 그러나 무엇보다도 그쪽 조선족들의 꾸미지 않고도 저절로 큰 마음씨와, 남북 두 개로 갈라진 조국을 편견 없이 직시하고, 그른 건 그르다 옳은 건 옳다, 거침없이 말하면서 양쪽을 함께 얼싸안으려는 열띤 태도는 흉내내봄직한 것이었다.

우리의 친애하는 연변 동포들은 각자의 형편에 따라 우리를 안내해줄 수 있는 날을 정했다. 그쪽에서도 역시 작가가 가장 자유로운지 임원춘씨는 줄창 우리와 동행해주기로 했다. 첫날은 이화숙씨와 그이 친구들이 주선해준 차로 훈춘, 도문 쪽으로 떠났다. 차가 오른쪽으로 두만강을 끼고 달리게 되면

서부터 이이화, 송우혜 두 사람은 번갈아가며 자주 차를 세우고 내려서 열심히 뭔가를 확인도 하고 사진도 찍고 했다. 워낙 독립운동사에 연구와 애정이 깊을 뿐 아니라, 아직 덜 밝혀진 진실 또한 적지 않다고 믿는 그들인지라 옛 간도 땅을 지나면서 도처에서 우리의 지사, 열사의 발자취를 훤히 보는 듯했다. '뭐든지 외곬으로 파면 저런 경지에 이를 수 있는 것일까?' 나 보기엔 아무것도 아닌 동네 이름이나 골짜기에서도 뭔가를 찾아내고 살려내려고 눈을 빛내는 그이들을 보면서 나는 속으로 그렇게 감탄을 했다.

두만강은 생각했던 것보다 강폭이 좁고 오염이 심해 보였다. 옛 북간도인 연변 지방의 지세도 우리나라의 여느 농촌처럼 산이 많고 농지는 협소했다. 그 고장에 대한 나의 사전 지식은 안수길의 『북간도』와 김동인의 「붉은 산」을 내 멋대로 합성한 것이었으므로 조금은 실망스러웠다. 우리 선조들이 월강죄를 무릅쓰고 두만강을 건넌 건 기름지고 광활한 땅덩이 때문이라는 생각은 수정돼야 할 것 같았다. 내 고장과 다름없이 정답게 생긴 산천에 이끌려 동구 밖 시냇물 건너듯이 무심한 마음으로 월강을 했으리라는 무식한 생각을 했다.

그러나 이제 그 강 건너 땅은 우리의 의식 속에서 너무도 먼

함경도 땅이었다. 군사분계선 너머로 북쪽 땅을 바라본 적은 몇 번 있었다. 쌍방의 완벽한 방위 태세 때문인지, 바로 그 너머가 고향이건만 향수감 같은 걸 느낄 겨를이 없었다. 과연 서로 철통같이 지키고 있다는 안도감은, 내 생전에 서로 왕래하는 걸 볼 수는 없으리라는 절망감으로 이어지곤 했었다. 그러나 거기서 바라본 함경도 땅은 전혀 무방비 상태인 것처럼 보였고, 연변 쪽 또한 마찬가지였다. 아무리 서로 친한 사회주의 국가끼리라지만 아무도 지키는 사람이 안 보이는 좁다란 강 하나가 국경선이라는 게 삼엄한 군사분계선만 봐온 우리 눈엔 여간 이상하지 않았다. 피보다 이념이 더 진하단 말일까? 이렇게 무겁고 착잡해지려는 마음을 '피곤하게 굴 거 없이 부드럽게, 먼지처럼 부드럽게'라고 되뇌며 스스로 다독거렸다.

고향이 함경도고 할아버지가 홍범도 휘하의 독립군이었다는 송우혜의 감격은 남다른 바가 있었다. 그이는 자주 차에서 내려 강 건너 땅을 바라보면서 탄성을 지르기도 하고 열심히 사진을 찍기도 했다.

훈춘에서는 그곳에 사는 아주 호탕한 젊은 여자의 안내로 훌륭한 식당에서 호사스러운 점심을 먹었다. 상 위에 빈틈없이 진열한 음식을 미처 다 맛도 보기 전에 다음 접시를 들여와 접시 사이에다 겹쳐놓는 그곳의 손님 환대법에 처음엔 다소 질리는 기분이었지만, 정이 넘치는 태도 때문에 곧 마음이 누그러지고 흔쾌해졌다.

그러나 음주법은 감당하기가 벅찼다. 초대를 해준 주인이 손님들을 향해 '건배'라고 외치면서 일일이 잔을 부딪히고 나면 손님은 그 잔을 상 위에 내려놓지 못하고 곧장 들이마셔야 한다. 주인도 잔을 든 채 혹시 누가 반칙을 하나 지켜보고 나서 손님들이 잔을 다 비운 걸 확인하고서야 자기 잔을 비운다. 이렇게 '짠' 하고 나서 단숨에 들이마셔야 하는 게 맥주 정도라면 별문제가 없겠지만 육십오 도짜리 북방의 독주라면 당해낼 도리가 없다. 잔은 받되 '짠' 하고 부딪히지만 않으면 그 벌을 면할 수가 있다. 그러나 그곳 동포들이 자아내는 활기와 정이 철철 넘치는 분위기에서는 저절로 '짠' 하는 데 휩쓸리고 만다. 소주 몇 잔은 사양하지 않고 받아 마실 수 있는 정도의 실력만 믿고 홀짝 들이마신 술은 그러나 목구멍으로 잘 넘어가지 않고 입안을 뜨겁게, 맵게 태웠다. 입안에 분포된 무수한 신경들이 일제히 불붙는 것 같았다. 처음으로 느껴보는 느낌이었다. 이런 것이 취기라는 걸까, 쾌감이라는 걸까, 정상적인 일상의 궤도에서 이탈하고 싶은 은밀한 욕망이 몸속에서 아우성치는 것 같았다. 그러나 어쭙잖은 체면 때문에 거기서 더는 나가지 못했다. 정상에서 일탈하기보다는 '짠'에서 일탈하기를 택하고 말았다.

　훈춘을 떠나 도문으로 돌아올 때였다. 인가도 인적도 드문
쓸쓸한 두만강에서 함경도 땅과 중국땅을 잇는 튼튼한 다리가
바라다보였다. '저 다리만 건너면 함경도에 다다른다.' 물론
믿기지가 않았다. 양쪽에 다 감시하는 사람도 보이지 않았다.
우리는 그 다리를 환성을 지르며 건넜다. 그 다리는 도중에서
끊겨 있었다. 육이오전쟁 때 폭격으로 끊긴 걸 그대로 놔두고
있다고 했다. 우리의 의식 속에서 너무도 먼 땅이기에 단절된
부분이 그렇게 좁아 보이는 건지, 넓이뛰기 선수라면 훌쩍 뛰
어넘을 수도 있을 것 같았다.

　다리가 끊긴 끄트머리에서 떠날 줄 모르던 송우혜의 눈에
이슬이 맺혔다. 함경도가 고향이라니 감회가 남다르리라는 건
이해가 되었다. 울음은 점점 고조되어 통곡으로 변했다. 다부
지고 정열적인 여자답게 통곡 또한 태산 같았다. 울 만큼 울면
그치겠거니, 하고 기다렸으나 그 통곡은 크고도 줄기찼다. 이
사람 저 사람이 말리고 위로하였으나 전신으로 우는 그의 울
음은 이미 자기 의지력의 한계 밖에 있는 것처럼 보였다. 나는
차차 견딜 수가 없어졌다. 그래서 나이 많은 자격으로 뚝 그치
라고 호통을 치기도 하고, 혹시 술주정을 그렇게 하는 게 아니

냐고 모욕적인 소리도 했다. 그래도 그 처절한 통곡은 그치지 않았다. 나중엔 짜증이 났다. 함경도가 고향이라고는 하나 부모의 고향일 뿐 나서 자란 곳도 아닌데 저렇게 울음이 복받칠 수 있는 것일까? 나는 내가 자라 뛰놀던 개풍군 땅을 휴전선 너머로 빤히 바라보기를 여러 번 해봤지만 때에 따라 코끝이 찡하거나, 뭐 이런 세상이 다 있나 하고 울화가 치미는 게 고작이었고, 그보다는 목석같을 적이 더 많았다.

우리는 마치 격렬한 싸움을 뜯어말리듯이 어렵고 힘겹게 그를 진정시켜 차에 태웠다. 호텔로 돌아가 쉬게 하고 싶었지만 그는 봉오동에 들렀다 가야 한다고 우겼다. 봉오동은 홍범도 장군이 지휘한 독립군이 일본의 정규군과 격렬한 전투를 벌여 대승을 거둔 전적지라고 했다. 그 전투에 참전한 독립군이었던 할아버지를 기리고 자랑스러워하는 마음이 돈독하고, 그 시대의 역사에서 왜곡된 걸 참지 못하여 정확한 고증으로 몇 번 기존 학설을 뒤엎은 일이 있을 뿐 아니라, 현재도 홍범도 장군의 일대기를 연재하고 있는 이가 송우혜이니만큼 거기를 가보고 싶어하는 건 당연했다. 그가 국내에서보다 조상이 피 흘린 땅에서 훨씬 더 빛나 보이는 것도 우리처럼 평범한 조상을 둔 후손이 감히 넘볼 수 없는 조상의 후광이었다.

봉오동 골짜기는 저수지로 변해 있었다. 예전에는 마을이 있었다고 하나 수몰되어 보이지 않았고, 충충한 물을 험한 산이 두 팔로 벌려 얼싸안듯이 가두고 있었다. 우리는 봉오동에서 송우혜가 한껏 우쭐대며 기분을 회복할 수 있길 바랐다. 그러나 그이는 털썩 주저앉더니 이번에는 땅을 치며 통곡하기 시작했다. 신발이 벗겨져나가고 옷은 흙투성이가 됐다. 자신을 완전히 방기한 그는 넋두리까지 했다. '아이고, 우리 할아버지가 이 골짜기를 헤매셨구나.' 우리는 아무도 그 울음을 말릴 엄두를 못 냈다. 충충한 저수지에 투영된 어두운 산그림자가 우울하게 일렁였다. '이게 무슨 팔자람.' 나는 밑도 끝도 없이 팔자 한탄을 하면서 끊어진 다리 끝에서보다 더는 참을 수 없는 기분이 되고 말았다. 나는 막다른 골목에 몰린 것처럼 정말이지 달리 아무것도 할 수가 없어서 결국은 따라 울고 말았다. 그렇다고 그가 왜 그렇게 몹시 줄기차게 우는지 이해한 건 아니었다. 울음처럼 각자의 독특한 정서에 뿌리내린 건 없다는 최소한의 아량이 있었을 뿐.

그다음날 나는 호텔에 혼자 남았다. 육십오 도짜리 독주의 후유증인지 꼼짝도 하기 싫은 무력감에 빠졌다. 그날 일정에 윤동주 묘, 청산리 같은 송우혜가 또 울 만한 곳이 든 것도 나를 지레 겁먹게 했다. 다음다음 날의 백두산 등정을 앞두고 체력을 아껴야 될 필요성도 있고 해서 오전 내내 침대에 누워 있다가 오후엔 시내 구경을 하러 나갔다.

북조선 물건을 주로 파는 시장을 구경하고, 남한의 옷만 파는 데는 그 입구까지만 가보고 들어가진 않았다. 남한 옷은 부르는 게 값이라고 했다. 그 안에서 옷걸이까지 남한제가 돼서 걸어다닐 용기가 나지 않았다. 우리 여행객이 알게 모르게 그이들의 소비생활에 미치는 영향을 생각하면 떼로 몰려와 다니기가 여간 눈치 보이지 않았다. 먹는 것을 파는 시장은 따로 있는데, 고기, 채소, 과일 들이 지천이었고 활기에 넘쳐 있었다. 나는 떡집에서 증편을 두 개 사서 먹으면서 다니다가 공원 잔디밭에 누워서 나무 그늘에서 연인들이 쌍쌍이 정답게 속삭이는 것도 보고, 노인들이 한가롭게 작대기 같은 걸로 공 굴리기를 즐기는 것도 구경했다. 새벽이면 강변에서 운동을 즐기는 노인을 비롯해서 이곳 노인들은 노후 걱정이 없어서 그런지 대체로 무욕하고 품위 있게 보였다.

백두산을 오르기로 한 날 아침부터 날씨가 좋았다. 올라가는 데 하루, 내려오는 데 하루 해서 이틀을 잡았기 때문에 천천히 백두산을 즐기면서 오를 수가 있었다. 야생꽃이 만발한 숲에서는 차에서 내려서 꽃을 꺾기도 하고, 깊이 들어가 취를 뜯기도 했다. 맑은 시냇물도 그냥 지나치지 못하고 사가지고 간 수박을 담가놓고 다리 뻗고 앉아 뜬구름을 바라보는 맛도 한유롭기가 일품이었다. 소문으로만 듣던 영산답지 않게 그 치마폭 아랫자락은 오밀조밀하고도 다정해서 우리는 어린애처럼 마음놓고 희희낙락했다.

이도백하역을 지나자 마침 장날이어서 그 고장 온갖 산물과 딴 지방에서 온 일용 잡화를 구경할 수가 있었다. 무용복에나 다는 반짝이는 스팽글이 점점이 박힌 한복을 입은 아가씨들이 심심찮게 눈에 띄었다. 조선족이라는 걸 그만큼 자랑스러워하는 것 같아 말을 걸어보면 우리말 또한 유창하니 이 아니 금상첨화인가. 안아주고 싶게 예쁜 아가씨들이었다.

망망한 원시림대를 지나고 나니 백두산은 비로소 그 진면목을 드러내기 시작했다. 침엽수와 활엽수의 혼성림은 침엽림으로 바뀌고, 다시 사스래나무 숲으로, 그리고 이끼처럼 땅에 붙은 잔 풀꽃과 진짜 이끼 순으로 바뀌는 게 마치 인공적인 조림造林처럼 그 경계가 분명했다.

온대로부터 한대까지를 한몸에 거느린 백두가 마침내 머리에 인 마지막 비경을 드러냈다. 우리는 천지에 가까이 가기 전에 우선 머리를 땅에 조아려 경배부터 했다. 천지는 듣던 것보다 더 장엄하고 신령스러웠다. 우리는 마침내 거기에 이르렀다는 데에 복받치는 기쁨을 느꼈다. 우리 땅을 통해 오르지 못한 게 속상하지도 않았고, 아득한 태곳적 화산 폭발로 생긴 호수 위에도 인간이 그어놓은 국경선이 있다는 게 그닥 대수롭게 생각되지도 않았다. 인간사가 다만 미소하게 여겨지는 게 우리를 자유스럽게 했다. 열정적인 송우혜는 여기서 죽어도 여한이 없을 것 같다고 말했다. 우리는 소리 높여 시시덕댔지만 강한 바람이 그 소리를 날렸다.

연길에 머무는 동안에 발이 넓은 동행들 때문에 동포들의 가정집에 초대받아 가서 식사를 할 기회가 많았던 것은 정말이지 큰 복이었다. 다들 꾸밈이 없이 소박하고 너그러웠고, 손님 대접에 극진했지만, 우리처럼 사교적인 계산이 들어 있지 않아 편안했다. 어떻게 그이들에겐 우리가 예전에 상실한 인간성의 원형이랄까, 마음의 고향의 맛 같은 것이 하나도 닳지 않고 그냥 남아 있는 걸까? 악착같이 경쟁하지 않아도 먹고사는 데에 지장이 없고, 여투어놓지 않아도 노후 걱정이 없는 체제 때문인지도 모르겠다는 생각이 들었다. 차려입은 겉모양은 우리가 그이들보다 좀 나아 보일지 몰라도 마음은 훨씬 더 초라하고 밉다는 게 나의 솔직한 심정이었다. 비밀스러운 열등감이었다. 우리의 빈번한 왕래가 그 땅에 앞으로 유발시킬 소비의 욕구를 생각하면 우리가 바로 인간 공해라는 미안감도 들었다.

연길을 떠나는 날은 오전 중에 김학철 선생님 댁을 방문했다. 원로 작가다운 좋은 대우를 받고 계신 듯했다. 그동안에 가본 어떤 집보다도 넓고 쾌적한 주택에서 아직도 정정한 건강과 정신력으로 작품활동을 하고 계신 게 뵙기에 든든했다.

해방 후 『문학』이란 잡지가 나온 적이 있었다. 조선문학가동맹이라는 좌익 문학 단체의 기관지 비슷한 성격을 가진 문예였다고 기억하는데, 그때에 문학 소녀였던 나는 그 잡지를 구독했었다. 그때 읽은 단편 중에 유일하게 줄거리가 생생하게 기억나는 「담배국」이라는 작품이 있는데 작자는 누군지 모르고 있었다. 선생님 작품이 아닐까 하는 생각이 들었다. 여쭤보았더니 그렇다고 하셨다.

독립군의 소년병이 실수를 연발하다가 취사 당번으로 돌려졌는데, 이번엔 정말 잘해보려고 벼른다. 변변한 반찬거리가 없어서 고민하다가 밭에서 이파리가 청청한 푸성귀를 보고 옳다구나 하고 뜯어다가 국을 끓인다. 그러나 그 푸성귀는 담배 이파리여서 한 숟가락 떠먹어본 병사들은 저마다 오만상을 찡그리고 뱉어낸다. 그게 내가 기억하고 있는 「담배국」의 대강의 줄거리이다. 나는 왜 그 작품의 줄거리와 분위기를 아직도 기억하고 있고, 사십몇 년 뒤에 만난 한 작가와 그 작품을 연결시킬 수가 있었을까? 작가가 책임져야 할 두 얼굴이 신기하기도 하고 한편 두렵기도 했다. 무엇보다도 그 연세에 현역이라는 게 존경스럽고 돋보였다.

떠나는 날의 점심식사는 작가 임원춘씨 댁에서 대접받았다. 임원춘씨는 가이드도 없이 온 우리를 위해 우리가 여행을 끝마칠 때까지 동행을 해주기로 한 고마운 분이다. 그는 반들반들하고 오밀조밀하게 꾸민 댁에서 상냥하고 친절한 부인과 장성한 자녀들과 살고 있었다. 부인의 음식 솜씨는 뛰어났다. 특히 된장 맛이 일품이었다. 부인은 기차간에서 먹으라고 밥과 된장과 상추와 풋고추와 오이를 비닐봉지에다 잔뜩 싸가지고 역까지 배웅을 나와주었다.

임원춘씨 부인뿐 아니라 역에는 우리를 그동안 극진히 대해준 모든 분들이 부부 동반으로 나와 있었다. 차 안에서 먹으라고 과일을 사가지고 온 분이 있는가 하면, 산나물 말린 거나 녹차를 선물로 주는 분도 있었다. 그이들은 다들 입장권을 사가지고 우리의 무거운 짐을 기차 속까지 날라다주었고, 차창 밖에서 기차가 떠날 때까지 손을 흔들고 서 있었다.

저런 배웅, 저런 인심은 실로 얼마 만인가? 어릴 적 방학 때 고향집에 내려갔다가 올라올 적의 개성역 생각이 났다. 그때도 다들 그렇게 전송을 했다. 개성서 서울은 지금의 거리감으로는 엎어지면 코 닿을 데련만 만리 밖을 떠나보내는 양 차창

밖에 붙어서서 작별을 아쉬워하는 사람들이 차창 안의 떠나는 사람보다 훨씬 많았었다. 나는 그이들 중에서 우리 할머니를 찾아내면 차창에 코가 납작해지도록 얼굴을 붙이고는 울먹해지곤 했다. 어쩌자고 그때 생각이 나면서 걷잡을 수 없이 눈물이 복받쳤다. 두만강에서 송우혜가 울 때 하도 인정머리 없이 야단만 쳐서 이이화 소장한테 돌같이 차다는 별명을 들은 나의 눈물을 다들 이상한 눈으로 바라보았다. 실은 나도 뜻밖이었다. 눈물처럼 각자의 고유한 정서에 닿아 있는 것도 없지만 불가해한 것도 없다 싶었다.

우리의 다음 목적지는 심양이었고 심양까지는 급행으로도 열다섯 시간이 걸린다고 했다. 침대차는 한방에 네 사람이 들게 돼 있는데 일행이 마침 네 사람이어서 여간 오붓하고 편하지가 않았다. 어둑어둑해지자 우리는 임원춘씨 부인이 싸준 걸 풀어놓고 저녁을 먹기 시작했다. 순전히 된장에 상추쌈만 해가지고 그렇게 많은 밥을 그렇게 맛있게 먹어보긴 중국에서뿐 아니라 내 일생에도 처음 아닌가 싶었다. 그야말로 걸신들린 것처럼 아귀아귀 먹었다. 그리고 깊은 잠에 푹 빠졌다.
심양에는 임원춘씨 제자가 많아 융숭한 대접을 받았고, 구경할 데도 많았지만 일정이 빠듯했다. 아무리 바빠도 백탑은 꼭 봐야 한다는 이이화 소장의 뜻을 좇아 다음날은 버스를 타고 요양으로 갔다. 이소장이 백탑에 이끌린 것은 연암 박지원의 『열하일기』 중에 나오는 「호곡장好哭場」에서 연유한 듯했다. 『열하일기』에서 연암은 멀리 백탑을 바라보면서 '내 오늘에 이르러 처음으로 인생이란 본시 아무런 의탁함이 없이 다만 하늘을 이고 땅을 밟은 채 떠돌아다니는 존재임을 알았다. 말을 세우고 사방을 돌아보다가 스스로 깨닫지 못하는 사이에 손을 들어 이마에 얹고, 아, 참 좋은 울음터로다. 가히 한번 울만하구나'라고 적고 있다. 내가 인용한 것은 고전 국역 총서의 번역이지만 그중 「호곡장」에 대해선 딴 의견도 많은 듯했다. '울고 싶어라' 하기도 하고 '울 만하다' 하기도 해서, 어떤 번역이 맞는가보다는 왜 울고 싶어했는지, 정확한 '호곡장'의 의미와 만나고 싶은 거였다. 벽돌에 감격하는 대목이 여러 번 나오는 걸로 봐서 벽돌로 지은 웅장하고도 조화로운 백탑에 감동을 했을 수도, 광활하고 기름진 대지가 눈물이 나도록 부러웠을 수도 있으리라고 짐작할 수 있을 뿐이었지, 정작 백탑을 본 느낌은 그저 그랬다. 마침 환경을 정비하고 있어서 건축미를 감상하기엔 너무 주위가 산만했고, 거대한 건축물을 하도 많이 봐온 눈엔 웅장하다는 느낌도 들지 않았다. 유감스럽게도 우리의 '호곡장'과 연암의 '호곡장'은 일치하지 않았다.

이이화 소장이 스스로의 '호곡장'과 만난 것은 그로부터 며칠 뒤에 단둥에서였다. 단둥은 나이든 사람들은 안동으로 더 많이 기억하고 있는, 압록강을 사이에 두고 마주보고 있는 국경도시이다. 국경도시답게 깨끗하고 약간은 서구적인 분위기도 가미된 도시였다. 압록강은 두만강보다 훨씬 더 강폭이 넓은 도도한 강이었고, 철교 위로는 한반도와 대륙을 잇는 기차가 달리고 있었다. 철교 위로 기차가 달리는 게 놀랍고 신기해서 연방 카메라 셔터를 누르고 또 누르는 게 세상에 우리 민족 말고 어디 또 있을까. 실컷 사진을 찍고 나서 유람선을 탔다.

압록강 유람선은 신의주 쪽 강변 유원지에 놀러 나온 빨간 스카프를 목에 두른 아이들의 얼굴을 식별할 수 있을 만큼 강변에 가까이 접근해서 천천히 운항하면서 완만하게 선회를 했다. 그때 선창에 붙어서서 열심히 손을 흔들고 있던 이이화 소장이 갑자기 고개를 숙이더니 흐느끼기 시작했다. 그냥 눈물 짓는 정도가 아니라 가냘픈 어깨를 흔들면서 소리 내어 울기 시작했다. 혹시 여성적인 이름 때문에 그이를 여자로 아는 독자가 있을지도 몰라 밝혀두겠는데, 그는 오십대 중반의 대머리가 진, 체구는 작지만 근엄한 남자다. 갈색 티셔츠 속의 흐느끼는 어깨는 유난히 왜소해 보였고, 나는 '아아, 리리화가

운다'라고 생각하자, 또 덩달아서 눈물이 나왔다. 연변에서 그이를 그쪽 발음으로 '리리화'라 부르면 더욱 여성적이고도 리드미컬하게 들려 주로 농담을 할 때에 그렇게 불렀었다. 남자의 울음은 거의가 중국 사람인 선객들에게도 충격을 준 것 같았다. 저희들끼리 수군대며 일제히 우리에게 창가 자리를 내주었고, 눈빛에 깊은 연민이 어렸다.

분단된 민족에 대한 그이들의 적나라한 연민의 시선을 받으면서 나는 처음으로 우리가 중국땅에서 숱하게 뿌리고 다닌 연민을 같잖고도 창피하게 여겼다. 그이들이 우리보다 조금 못 입었다고, 조금 덜 정결하다고, 조금 작은 집에 산다고 여길 때마다 아끼지 않은 연민은 이제 그이들로부터 받고 있는 연민에 비하면 얼마나 사소하고도 천박스러운 것이었나.

돌이켜보니 우리 세 사람의 '호곡장'은 다 달랐지만 결국은 한 뿌리에 닿아 있었다.

* 이 글은 『한 길 사람 속』(박완서 산문집 8)에 '부드러운 여행'이라는 제목으로 실린 것으로, 여행과 여행자의 의미가 오롯하게 담겨 있기에 발표 당시의 원제를 살려 함께 실었다.

천지, 소천지, 그리고 어랑촌 가는 길
— 백두산 기행

우리나라 사람치고 백두산 천지에 이르는 길을 모르는 사람은 없다. 그 길은 명료하고도 당당하게 만천하에 드러나 있다. 그건 물론 우리의 민족적 정서 속에 자리잡은 천지 가는 길이 그렇게 편하다는 얘기지, 근래에 닦인 백두산 정상까지 차로 올라갈 수 있는 포장도로를 뜻하는 것은 아니다. 누구나 알다시피 천지는 장백산맥의 주봉 백두산 분화구에 물이 고여 생긴 우리나라에서 가장 깊고 해발이 제일 높은 호수이며 압록강과 두만강의 발원지이기도 하다.

서울에서 63빌딩을 찾듯이 장백산맥에서 제일 높고도 잘생긴 봉우리를 찾으면 거기에 이르르려니, 그것이 여의치 않으면 압록강이나 두만강을 위로 위로 거슬러올라가면 마침내 천지가 나오려니 하는 게 우리의 심리적 지도였다. 그러나 백두산 천지에 이르는 현실적인 길은 그렇게 단순하지 않았다. 우선 국교도 없는 이웃나라 중국땅을 거쳐야 했고, 연길을 떠나 장백산맥의 치맛자락에 이르러서도 도무지 산으로 올라가고 있다는 걸 느낄 수 없는 망망한 원시림대가 한도 끝도 없이 이어졌다. 수해樹海 한가운데에 숨어 있는 것 같은 반점에서 점심을 먹고 다시 떠났다. 그러나 지루하다든가 어서 천지에 이르렀으면 하는 조바심은 조금도 없었다. 해발이 높아짐에 따라 달라지는 경치의 뚜렷한 변화 때문이었다. 완만하던 경사가 조금씩 가팔라지면서 식물의 분포는 마치 선을 그은 것처럼 선명하게 달라지기 시작했다. 식물에 대한 부실한 안목으로도 식물의 키가 작아진다는 뚜렷한 변화를 느낄 수 있었다. 분명히 잎과 꽃은 철쭉이고 줄기도 풀이 아닌 나무인데도 키는 오 센티미터 정도밖에 안 됐다. 그나마 이끼와 땅에 달라붙은 만병초로 변하면서 천지를 호위하고 있는 날카롭고도 위세 등등한 봉우리들이 바라보였다.

주차장에서 봉우리까지 올라가는 길은 이끼조차 돋아날 수 없는 순전한 화산재였다. 가파르고 미끄러웠고 바람이 휘몰아쳤다. 그러나 날씨는 쾌청했다. 길이 잘 닦여진 후 천지를 보느냐 못 보느냐는 체력이나 등산 실력보다는 일기에 달렸다는 소리를 자주 들은지라 우리는 하늘을 우러러 말없이 공구하고 감사하며, 또 서로 도와가며 마침내 천지를 엄엄하게 호위하고 있는 병풍의 언저리에 설 수가 있었다. 동행한 역사학자가 먼저 천지를 향해 경건하게 절을 했다. 나도 따라 했다. 자신이 티끌처럼 왜소하다는 데 전율하며, 자연의 조화에 경배드리는 것 외에 달리 감동을 표현할 방법을 우리는 알지 못했다.

천지 가는 길은 만천하에 훤히 드러나 있었지만 천지의 살갗은 그렇게 만만하지 않았다. 어쩌면 누구나 찾을 수 있는 너무나 분명한 지점에 드러나 있기에 그런 어마어마한 호위병으로 사람을 밀어내리려는지도 모를 일이었다. 천지를 에워싼 기기묘묘한 봉우리 중 어느 하나도 순해 보이는 봉우리는 없었고, 천지 쪽으로 흘러내리는 경사는 바깥쪽보다 훨씬 가팔랐다. 게다가 암벽도 아닌 화산재였다. 나보다 젊은 두 사람의 동행은 천지 물에 손을 담가보고 싶다고 그 비탈을 내려가기 시작했다. 그들이 떠난 후 강풍이 휘몰아칠 때마다 어찌나 걱정이 되던지, 나는 그들이 안 보이는 바위틈에 숨어 앉아 성호를 긋고 중얼중얼 기도를 했다. 아쉬울 때만 하는 기도지만 들어주셨는지 그들은 한참 만에 무사히 돌아왔다. 너무 미끄러워 도중에서 포기하고 올라왔노라고 했다. 참 잘한 일이라 싶었다. 천지의 수면은 덤으로 접촉하고 즐기기보다는 눈으로 바라보고 경외하는 게 신비스러운 조화의 뜻을 거역하지 않는 일일 것 같은 내 나름의 생각 때문이었다.

갑자기 거대한 구름이 골짜기로부터 뭉게뭉게 피어오르더니 바로 발아래 주차장이 안 보일 만큼 시야를 자욱하게 가로막았다. 에워싼 봉우리 때문인지, 그러나 깊푸른 천지의 태고연한 경관엔 아무런 변화도 일어나지 않았다. 날씨가 나쁘면 천지를 볼 수 없다는 게 무슨 소리인지 이해가 안 될 만큼 천지의 상공만은 별천지처럼 고요하고 쾌청했다. 그러나 웬걸, 주차장에 고여 있던 짙은 먹구름의 한 자락이 슬며시 깃털처럼 부드럽게 풀리면서 봉우리와 봉우리 사이의 골짜기를 통로삼아 너울너울 천지 상공으로 이동하기 시작했다. 조화의 비밀을 눈앞에 보는 것처럼 그 구름의 움직임은 변화무쌍하면서도 영적이었다. 바람과 구름과 천지가 교감하는 것처럼 장엄하고 조화로운 순간이었다. 수면을 부드럽게 애무하고 난 깃털구름은 다시 둥실 떠올라 건너편 산봉우리 사이로 사라졌다. 건너편 봉우리들은 북한 영토였다. 우리는 숨을 죽이고 이러한 자유의 극치를 구경했다.

하산하는 길에 장백폭포에서 비로소 불기둥이 되어 날아내린 천지 물을 두 손바닥으로 길어올려 맛볼 수가 있었다. 달고 차고 청정했다.

장백폭포에서 골짜기를 따라 십 리도 채 안 되게 내려오면 소천지小天池가 나온다. 그러나 소천지 가는 길은 천지 가는 길처럼 훤히 드러나 있지 않고 꼭꼭 숨어 있다. 울창한 숲 사이에 길이 있다고는 하지만 허리 높이까지 자란 풀숲을 헤쳐야 한다. 그 길은 부드러운 흙일 적도 있지만 검고 칙칙한 암반일 적도 있다. 완만하게 휘면서 으슥한 숲속으로 인도하지만 경사는 없다. 풀숲엔 온갖 꽃들이 만발해 있어 도무지 이 세상 같지를 않다. 들국화와 마아가렛 비슷하게 생긴 꽃만 낯이 익을 뿐, 다 생전 처음 보는 들꽃들이다. 그중에서도 백합꽃을 축소해놓은 것처럼 피고 작은 통꽃이 길다란 줄기에 붙어서 이삭을 이룬 꽃은 화려하고도 청초하기가 신부의 꽃다발로도 손색이 없는 꽃이었다. 연길에 사는 동행인에게 꽃 이름을 물어보았으나 그도 이름은 잘 모르지만 짐승도 먹지 않는 독한 꽃이라고 했다. 그러나 그 꽃이 군생한 사이로 난 길을 걷는 기분은 축제의 주인공이 된 것처럼 근사했다. 우리 계절로는 한여름이지만 멀지 않은 봉우리에 잔설이 남아 있는 고산기후 때문인지 보랏빛 들국화가 지천으로 피어 있었다. 생전 햇볕이 들 것 같지 않은 빽빽한 밀림 속에 핀 이런 꽃들은 매우 환상적이었다.

길이 끝나고 마침내 호수가 나타났다. 장백산맥의 망망한 수해에 비하면 옹달샘처럼 작은 호수였지만, 아름답기는 밀림이 꼭꼭 숨겨놓은 하나의 크고 빼어난 사파이어였다. 천지 가는 길은 당당하게 드러나 있지만 결코 사람이 가까이할 수 없도록 철통같은 호위를 받고 있는 반면, 소천지는 꼭꼭 숨어 있지만 일단 찾아내기만 하면 곧장 발이나 손을 담글 수 있을 만큼 무방비 상태로 발아래 수줍고 영롱하게 누워 있었다. 천지의 생성은 화산의 격노한 분출에서 비롯되었고, 소천지는 화산 폭발에 수반한 강렬한 지진에 의해 암반이 끊어지고 지면이 내려앉아서 비롯됐다는 설이 수긍되었다. 그러니까 소천지는 웅덩이인 셈이었다. 그러나 꽤 깊은 발바닥을 환히 들여다볼 수 있을 만큼 투명했다. 갈라진 바위틈으로 끊임없이 흘러나오는 물이어서 그렇게 맑고 정갈하다는 것이었다. 물고기가 살고 있나 해서 자세히 들여다보니 커다란 물고기가 있긴 있는데 북어였다. 한 마리도 아닌 몇 마리의 북어가 대가리도 안 뗀 통째로 가라앉아 있고, 그 곁엔 흰쌀까지 적지 않게 퉁퉁 불어 있는 걸 보니 우리나라 관광객이 혹시 그런 방법으로 고사나 고수레를 한 게 아니었을까 싶었다. 중국을 여행하면서 도처에서 느낀, 우리 관광객들이 저지른 안 했으면 좋았겠다 싶은 흔적 중의 하나였다. 연변에 거주하는 조선족의 인심에

끼친 천박한 영향과 함께 지금도 생각하면 꺼림칙해지는 광경 중의 하나이다.

소천지에서 날이 저물고 말아, 올라갈 때 점심을 먹은 반점까지 돌아왔을 때는 밤이 이슥한 시간이었다. 거기서 하룻밤을 묵고 돌아오는 길은 느긋했다. 느긋한 길에 외딴 벽촌에 들러 점심을 먹자는 데 일행의 의견이 일치했다. 이왕이면 인심좋은 동포의 집을 만나 더운 점심을 얻어먹었으면 하는 게 우리의 은근한 희망사항이었다. 그곳 지리를 잘 아는 동행이, 독립군이 항일 투쟁할 당시의 격전지였던 어랑촌이 들렀다 가기 맞춤한 거리에 있다고 했다. 마을로 들어가는 길은 차의 통행에 불편이 없을 만큼 널찍했지만 군데군데 빗물이 고여 웅덩이진 데가 많아 아슬아슬한 고비를 여러 번 넘겼다. 마을은 중국 동북지방의 전형적인 농촌이었다. 평화롭고 아늑해 보일 뿐 왕년의 처절한 전투의 흔적은 아무데도 남아 있지 않았다. 순박한 마을 사람도 자기 고장의 자랑스러운 역사에 대해 아는 바가 없었다.

마을에서 제일 큰 회관 비슷한 건물이, 문화혁명 때 도시에서 편안히 살던 집 자녀들을 농촌이나 공장으로 보내 고된 육체노동을 시킬 적의 합숙소였다니, 뜻하지 않게 문화혁명의 흔적을 본 셈이었다. 삼십대의 젊은 가장이 노모와 처자식을 거느리고 사는 동포의 집에 한끼 점심을 부탁했고, 그는 쾌히 응해주었다. 초가집이었고 아래위 방 두 칸에 부엌이 딸린 일자집이었다.

부엌과 방 사이에 벽이 없어 부뚜막과 방구들이 수평으로 연결된 게 전형적인 함경도식 구조였다. 부뚜막에 걸린 무쇠 솥뚜껑은 얼굴이 비치게 반들반들했다. 세상에, 무쇠를 저렇게 거울처럼 길들일 수 있는 아낙이 조선의 아낙 말고 어디 있을까, 가슴이 찡했다. 윗방 윗목엔 옷장이 놓여 있는 여러 쪽으로 나누어진 문짝마다 미남 미녀들의 천연색 사진으로 도배를 해놓고 있었다. 나는 거기서 지금보다 십여 년은 더 젊었을 적의 유인촌, 이영하, 신성일, 신영일, 한혜숙, 김자옥, 선우은숙, 유지인, 홍세민의 모습을 확인했다. 우리나라에서 배우가 가장 인기 있었을 적 달력 사진인 듯했다.

반찬은 소박하고도 푸짐했고, 우리가 사서 잡도록 한, 그야말로 진짜 토종닭은 질기고도 감칠맛이 있었다. 점심상을 같이한 젊은 가장은 촌구석까지도 먹고사는 문제에 아무런 근심이 없는 생활을 여간 자랑스러워하지 않았다. 그러나 그 역시 그가 사는 마을의 역사는 물론, 선조가 조선땅 어디로부터 그리로 이주해왔는지 아는 바가 없었다. 아버지는 이미 돌아가셨고 생존시에도 그걸 궁금해할 만한 여유랄까 의식이 없었는지도 모른다. 민족주의자가 들으면 섭섭해할 소리나, 그러나 섭섭해 말라. 그의 집엔 반들반들한 솥뚜껑과 배우 사진으로 도배한 장롱 말고도 또하나 참으로 볼만한 것이 있었으니, 그것은 벽에 써붙여놓은 가갸거겨 줄로부터 하햐허혀 줄까지의 백사십 자의 한글이었다. 그는 모국어와 중국어를 비슷한 정도로 잘하는 도시의 조선족과는 달리 중국어는 거의 못한다고 했다. 그의 집엔 책이라고는 낡은 잡지책 한 권도 눈에 띄지 않았다. 그러나 아직 취학 전의 아들이 들락거리는 문 옆, 아들의 눈높이에 한글을 써붙여놓고 있었다.

　나는 그의 아내가 끓인 된장찌개로 밥 한 사발을 비우면서, 여기 이 사람보다 더 위대한 민족주의자가 있으면 나와보라지, 하고 외쳐보고 싶은 충동을 느꼈다.

상해와의 인연
—상해 기행

멋부리고 화장하는 데 관심을 가지기 시작할 무렵이었으니
아마 열서너 살 때였을 것이다. 식민지 시대였다. 변두리의 빈
촌에 살았는데 난데없이 그 동네에 양장미인이 나타났다. 양
장도 당시에는 희귀했는데 머리 모양은 특히 파격적이었다.
단발한 뒷머리를 안으로 말리게 빗어내리고, 풀리는 용수철처
럼 느슨하게 말린 앞머리 몇 가닥이 흰 이마를 거쳐 눈썹까지
늘어진 게 도무지 조선 사람 같지가 않았다. 동네에선 그 여자
를 '상하이 가에리'(상해에서 돌아온 이)라고 불렀다. 상해에
서 귀국한 후 잠시 친척집에 의탁해 있었던 듯, 그 여자가 우
리 이웃이었던 동안은 얼마 되지 않았지만 나에겐 깊은 인상
을 남겼다.

당시는 중일전쟁중이기도 했지만 일본인들은 그전부터도 중국을 '지나'라고 불렀고, 중국인을 '짱꼴라'라고 경멸했다. 아이들도 더러운 아이를 놀릴 때 '짱꼴라'라는 말을 썼다. 상해에 대한 내 최초의 지식도, 그 도시의 서양 사람만 사는 깨끗한 거주지에는 '개하고 지나인은 출입금지'라는 팻말이 붙어 있다는, 일인 선생님한테 들은 말이 전부였다.

상하이 가에리의 인상과 선생님한테 들은 말이 합성이 돼 내 머릿속에서 상해는 중국 속의 서양으로 자리잡았다. 결혼하고도 그와 비슷한 경험을 했다. 시댁의 먼 친척으로 한동네에 살아서 가까이 지낸 분이 있었는데 남편은 그 댁 안주인을 '상해 아주머니'라고 부르고 있었다.

내가 첫아이를 낳을 무렵 상해 아주머니는 막내를 낳았다. 그때만 해도 막 휴전이 된 후라 물자가 귀했고, 국산 분유도 없을 때였다. 상해 아주머니는 노산이라 젖이 안 돌아서 그때 처음 나온 외제 분유 '비락'을 먹였다. 그 아기가 우리 아기보다 훨씬 건강하고 몸무게가 많이 나가는 것도 신기했지만 우유병을 몇 개씩 놓고 매일 물을 끓여 소독하는 절차가 어찌나 어마어마하고 위생적인지 동네 사람들이 일부러 구경을 하러 올 정도였다. 아기가 울면 아무때나 가슴을 드러내놓고 젖을 물리는 내가 야만인처럼 느껴졌다. 상해 아주머니의 그런 인상도 상해라는 도시를 누비옷을 입고 양말 대신 발싸개를 하고 다니던 중공군 나라 속의 별천지, 서양처럼 느끼게 했다.

중국에 처음 가본 것은 십여 년 전이었다. 지금처럼 개방되기 전이어서 불편한 점도 많았고, 본격적인 더위가 시작되기는 이른 7월이었는데도 북경의 더위는 살인적이었다. 몸의 수분이 다 증발해버린 것처럼 손바닥에 쪼글쪼글 잔주름이 잡혔다. 다니다가 아무리 덥고 목이 말라도 청량음료를 사 마실 만한 상점도 눈에 안 띄었다. 시장 거리에 노점상은 있었지만 손수레 위에다 커다란 얼음장을 놓고 그 위에다 청량음료 병을 굴리고 있었다. 사 마셔보니 아직 차게 되기 전이어서 들척지근하고 미지근해서 갈증만 더했다. 북경에 도착하기 전에 거친 연길, 심양, 길림 등이 다 내륙 도시였기 때문에 상해에 오니 살 것 같았다. 북경보다 훨씬 남쪽이었는데도 바다를 면하고 있어서 그런지 상해는 덜 더웠고, 서양 사람들의 조계였던 외탄 지구는 파리에 온 것 같은 착각이 들게 했다. 동양적인 것보다 서양적인 것에 더 익숙했고 친밀감이 갔다.

그후 이상하게 상해에 갈 기회가 자주 생겼다. 대개는 상해가 목적지가 아니라 거쳐가기 위해 들르게 되는 곳에 불과했지만, 나는 꼭 하루이틀이라도 묵어가도록 일정을 짜곤 했다. 처음 상해를 보았을 때의 가슴이 탁 터지는 것 같은 해방감을 매번 맛보았다고 할 수는 없지만, 중국의 개방과 발전의 속도를 이 도시처럼 환상적으로 보여주는 데는 있을 것 같지 않았고, 그게 거인이 내는 속도이기 때문에 공포스럽기까지 했다. 처음 왔을 때 파리처럼 보이던 외탄에서 바라본 광대한 신도시 포동 지구는 시카고나 뉴욕을 끌어다놓은 것처럼 외탄의 서양풍을 앞질렀고, 후진 동네도 천년만년 후질 것처럼 당당했다. 후지고 너절한 동네에서 우리 돈 백원짜리 고기만두 한 개로 충분히 맛있게 배를 불리고 포동 지구 고층 빌딩의 스카이라운지에서 각양각색의 조명으로 더욱 신기루처럼 환상적으로 보이는 빌딩군을 전망하면서 우리나라 일류 호텔 뺨치게 비싼 커피를 마시는 이중생활도 상해 아니면 맛볼 수 없는 즐거움이었다.

작년 3월 마음 편한 동료 문인들과 꽃피는 항주를 구경하고 귀국길에 상해에서 이틀인가 사흘인가 체류했을 때의 일이다. 너무 자주 왔나, 헤어보니 다섯번째였다. 상해 거리를 익숙하게 어슬렁대다가 상해에 거주하는 젊은 여성의 반가운 인사를 받았다. 여행지에서 나를 알아보는 동포의 인사를 받는 일은 간혹 있는 일이었지만 그녀가 뛸듯이 반가워한 것은 작가로서 나를 알아본 게 아니라 가톨릭 교우라는 걸 알아봤기 때문이었다. 포동 지구에 있는 김가항 천주당金家巷天主堂이 그 지구 발전 계획에 따라 헐리고 딴 데로 이주하게 됐는데 그 마지막 미사가 내일(2001년 3월 24일) 있을 예정이니 꼭 참석하라는 것이었다. 부끄럽게도 그 성당이 김대건 신부님이 사제 서품을 받은 성당이라는 걸 그때 처음 알았다. 일행 중 가톨릭 신자는 나 혼자였지만 다 같이 가기로 했다. 일행은 나보다 더 설레며 아침부터 그 시간, 오후 세시를 기다렸다. 조금 일찍 가 먼저 김대건 신부님을 기념하는 별채 건물, 신부님 초상 앞에서 묵념하고 나서 미사에 참예했다. 미사는 중국어와 우리말 반반씩으로 거행됐고, 성당 안은 물론 마당까지 발 디딜 틈 없이 성황이었지만 쓸쓸하지도 비장하지도 않고 화기애애한 게 축제 같았다. 미사 도중에 마당에서는 연방 폭죽이 터질 정도로 들뜬 분위기였다. 김대건 신부님이 사제 서품을 받은 유서 깊은 건물이 영원히 자취를 감추게 됐다는 걸 섭섭해하는 건 우리의 감상일 뿐, 그들은 삼백오십 년이나 된 낡고 작은 성당 대신 더 크고 좋은 성당을 신축할 희망에 부풀어 있는 것 같았다.

대부분의 신도가 중국 사람들이었다. 서로 평화의 인사를 나눌 때 그걸 느꼈다. 각각 제 나라말로 평화를 빌었으니까. 내가 끝으로 인사를 나눈 노부인은 나보다 더 나이들어 보였고 키도 내 어깨에 닿을락 말락 하게 작았다. 그러나 표정은 어찌 그리 선하고 관대하고 평화로워 보이는지. 그 나이라면 홍위병 시대는 물론 종교가 지금만큼도 자유롭지 못했을 온 갖 시대적 역경을 겪었으련만, 그걸 다 이겨내고 신앙을 지켰다는 고집스러움이나 잘난 척하는 우월감이 조금도 없이 그저 어린양처럼 무방비 상태로 착해 보였다. 그 노부인은 내 한국말 인사를 듣더니 자기도 중국말로 인사를 하면서 팔을 크게 벌려 나를 포옹했다. 나는 그의 작은 가슴에 푹 파묻혀 평화로움을 느꼈다. 그리고 아, 이거였구나, 하는 어떤 깨달음 같은게 왔다.

해방이 되고 해외에서 독립운동을 하던 분들이 속속 돌아왔고, 우리는 그중 큰 두 어른, 이승만 박사와 김구 선생을 국부國父로 추앙했다. 한 분은 미국에서, 한 분은 상해를 거점으로 중국에서 독립운동을 하셨다. 한 분은 완전한 독립을 보기 전에 흉탄에 맞아 쓰러지셨고, 한 분은 대통령을 몇 번씩 연임했다. 두 분 다 아무것도 되기 전, 그냥 국부일 적에 미국서 온 분은 어딘지 우리 정서와 어긋나 거북하게 느껴지는 반면 중국서 온 분은 편안하고 저절로 존경과 사랑이 우러났다. 김구 선생의 장례식 날 라디오를 통해 들리던 국민들의 오열 소리를 나는 지금도 잊지 못한다. 집에서 엄마도 서럽게 따라 우셨다. 그런 차이가 그분들이 일생 몸 바친 독립운동을 비호해준

땅 인심, 땅기운의 차이에서 비롯된 것처럼 느껴졌다. 잊을 수 없는 아름다운 미사였다.

십시일반의 도움을 바라며
—몽골 기행

7월 22일, 유니세프 몽골 방문단*이 몽골의 울란바토르공항에 내린 것은 김포공항을 이륙한 지 세 시간 만이었고 시차도 없었다. 이렇게 가까운 나라를 그동안 왜 그렇게 먼 변방으로 여겼을까.

소련과 정치적 유대관계를 견지해오다가 민주헌법을 채택하고 우리하고 정식으로 국교가 수립된 지 몇 년 안 되는데다가 직항 노선이 생긴 게 최근에 일이라는 것도 그 나라를 멀게 느껴온 이유였을 것이다. 그러나 막상 와보니 너무 가깝다는

---

* 유니세프한국위원회는 1997년 7월 22일부터 7월 29일까지 유니세프 몽골 사무소의 초청으로 박완서, 안성기 친선 대사를 비롯한 열다섯 명의 방문단을 구성, 몽골의 모자보건사업과 교육 사업을 시찰하고 돌아왔다.

것보다 더한 친밀감이 느껴졌다.

몽골인들은 우리가 외국에 왔다는 사실을 종종 잊어먹을 정도로 우리하고 똑같았다. 한국, 중국, 일본인 사이에도 식별이 가능한 미묘한 차이점조차 그들하고 우리 사이에는 없을뿐 아니라 말하는 억양까지 같아서 군중 속에 섞여 있어도 동포들하고 같이 있는 것으로 착각할 정도였다. 몽골어는 전형적인 알타이어군에 속하고, 한국어도 알타이 언어에 포함시키는 학자도 있을 정도니까, 문법, 어휘, 문장구조 등이 그만큼 우리말하고 유사할 것이다.

그렇게 닮은 민족이 어떻게 사는 모습은 판이할 수가 있는지. 몽골의 국토는 남한의 십오 배, 인구는 이백삼십오만 명, 가축은 인구의 열 배가 넘고, 대부분의 국민은 아직도 유목민이고, 고기가 주식이다. 수도에서 가깝고 도로 사정도 가장 잘돼 있다는 으워르항가이 아이막(우리나라의 도道에 해당하는 행정구역)까지가 서울서 부산 가기만 했다. 포장도로건 비포장도로건 표지판이라곤 없었고, 눈짐작이 될 만한 산봉우리 하나 없는 광대무변한 초원에서 길을 잃지 않고 목표를 향해 가는 운전기사의 방향감각은 신기할 따름이었다. 하늘은 쨍하게 짙푸르고, 햇빛은 순결하고도 강렬하고, 뭉게구름은 장엄할 정도로 드높고, 자유롭게 흩어져 풀을 뜯는 양떼, 소떼, 말의 무리들과, 푸른 지평선 위로 말을 달리는 소년의 모습은 현실이라기에는 너무 아름답고, 그림이라기에는 스케일이 너무도 컸다.

우리는 몽골 어린이들에게 도움을 주고 싶어 방문했다는 사명감도 잠시 잊은 채 거침없이 웅대한 아이들의 기상에 황홀한 눈길을 보냈다. 몽골 아이들은 칭기즈 칸의 후예답게 칠팔 세만 되면 그렇게 자유롭게 말을 달렸다. 그 나이에 컴퓨터 게임을 즐기고, 다마고치나 기르는 우리 아이들이 몽골 아이들보다 과연 더 행복할까.

그러나 우리 보기에 그림 같아 보이는 풍경은 짧은 여름 동안의 일이고, 몽골의 겨울은 영하 사십 도가 보통인 가혹한 것이라고 한다. 그래서 가을엔 여름 동안 살찌운 가축을 겨울 들판에서도 연명할 수 있을 만큼의 수효만 남기고, 월동용 식량으로 잡아서 천연의 냉장고인 자연 상태로 보관한다고 한다.

수도에서 가까운 지방인데도 이런 유목민들이 목초를 찾아 이동하기 쉬운 몽고식 천막 게르 외에는 우리 식으로 집이라 부를 수 있는, 땅에 기둥 박은 집은 단 한 채도 구경할 수 없었다. 남쪽으로 문이 한 개밖에 없는 둥근 천막집은 벽과 침상을 카펫으로 장식한 비교적 정결한 것이었고, 가축의 똥이 유일한 연료였다. 그 안에 사는 사람들은 길손을 몹시 반기고, 마유주와 치즈를 아낌없이 권하고, 헤어질 때 오랫동안 아쉬워하는 푸근한 인정을 간직하고 있었다. 도청 소재지인 으워르항가이 아이막에서 비로소 현대식 건물이라 부를 수 있는 건물을 만날 수 있었고, 북한이 김일성 정권 때 세워주었다는 유치원도 볼 수가 있었다. 도지사나 군수에 해당하는 관리들은 과묵하고 자존심이 강해 보였고 특히 몽골의 전통적인 복장을 한 군수가 인상적이었다.

그들은 한결같이 의료 혜택과 초등교육이 완전히 무료여서 백 퍼센트 혜택을 받고 있다고 자랑했지만, 몇십 리 간격으로 점점이 흩어진 게르에 사는 아이들이 긴긴 겨울 동안 무슨 수로 학교나 병원에 갈 수 있는지는 믿을 만한 해답을 얻어내지 못했다. 그들의 브리핑은 거의 사회주의 시대의 통계에 근거하고 있는 듯, 현실이 통계와 같지 않다는 것은 그들이 간간이 내비치는 사회주의 시대에 대한 그리움에서 엿볼 수 있었다. 거의 칭기즈 칸 시대와 다름없어 보이는 유목민의 사는 모습을 보면, 이 광대한 땅이 이렇게 오래도록 자연 친화적인 건강하고 독특한 문화를 지켜온 것도 지구의 중요한 자산인데, 구태여 기계문명과 자본주의식 개발을 도움이랍시고 제공해서 오염시킬 필요가 있을까, 하는 강한 의구심에 사로잡히게 된다.

그러나 오랫동안 장막에 가려 있던 나라가 개방정책을 쓰면서 얼마나 급속하게 변화하고 있는가 하는 것이 울란바토르로 돌아오자 어쩔 수 없이 피부적으로 와닿았다. 몽골은 국토에 비해 인구가 너무도 희박한 나라이니만치 많이 낳자 정책을 쓰고 있어서 총 인구 중 어린이가 차지하는 비율이 가장 높은 나라이다.

1992년 처음으로 민주헌법을 제정하고 산업화 과정에서 제일 먼저 나타난 현상이 인구가 도시로 밀집하는 현상이고 울란바토르 시 외곽에는 이미 광대한 도시 빈민층이 형성되고, 인구의 오분의 일이 극빈층으로 전락해버렸다. 우리가 방문한 동네는 그래도 집을 지니고 있어서 오분의 일의 극빈층보다는 훨씬 나은 중하류에 속하는 동네라고 하는데도 많은 어린이들이 부랑아나 다름없이 길에 널려 있었고, 그들의 취학 문제, 위생 문제, 식수 문제는 심각해 보였다.

산업화와 도시화는 유목민을 도시 빈민층으로 전락시켰을 뿐 아니라, 이혼율이 급증하고 집 나간 남편들 또한 많아져 고아들을 많이 양산해냈다. 거리의 아이들뿐 아니라 인구에 비해 고아원도 많았고 그중에는 국비나 종교 단체의 도움을 받는 데도 있었지만 여행을 왔다가 고아들이 불쌍해서 차마 발길이 안 떨어져서 눌러앉았다는 푸른 눈의 오스트리아 여자가 돌보는 고아원 등, 자그마한 고아원도 많았다. 그 천사 같은 서양 여자가 가장 간절하게 호소하는 것은 물 문제였다.

그 동네도 물론 수도는 보급되지 않아 주민들은 단 한 군데 지하수에 의지하고 있었는데 사십 리터 한 통에 삼십 투그릭을 받고 파는 수원지에는 물통이 길게 줄 서 있었다. 삼십 투그릭은 우리 돈 삼십원에 해당한다고 하나 국민소득 사백오십 달러, 가장이 없이 아이만 서넛 딸린 과부가 정부로부터 받는 생활비가 한 달에 칠 달러 정도인 걸 감안하면 큰돈이었다. 젖먹이로부터 열 살 전후한 어린이까지를 수용하고 있는 그 고아원 겸 탁아소는 지린내가 많이 났고, 가끔 강에 가서 씻기는 게 목욕의 전부라고 했다. 영양부족으로 못 자란 아이와 다리가 O형으로 휜 아이들이 쉽게 눈에 띄었고, 칠 달러의 보조비로 산다는 삼 남매의 엄마는 신발과 옷이 없어 아이들을 학교에 못 보낸다고 호소했다.

심지어 형제끼리 신발에 맞춰 학교에 보내는 가정도 수두룩했다. 형의 발이 커지면 학교를 그만두고, 그 신발을 물려 신게 된 아우가 대신 학교에 가는 식이었다. 지하수도 끓여야 안심하고 먹을 수 있는데 그나마 못 사 먹는 빈곤층은 강물을 길어 먹는다니, 근래에 간염이 급증하고 있다는 것도 식수 문제와 무관하지 않을 듯싶었다.

우리는 물 부족을 아이들이 얼마나 기막히고도 슬기롭게 극복하고 있다는 것을 울란바토르에서 멀지 않은 어느 게르 앞에서 역력히 볼 수 있었다. 부모 없이 삼 남매만 남아 있는 게르에서 초등학교 2학년짜리 소년이 세수를 하고 있었는데 세숫물은 한 컵의 흐릿한 물이었다. 작은 손도 안 들어갈 컵의 물로 어떻게 세수를 하나 보았더니 우선 입으로 한 모금 마신 물을 손바닥에다 뱉어내서 그 물로 얼굴을 닦는 짓을 되풀이 했다. 단 한 컵의 물로 비누질까지 충분한 세수를 끝마친 소년이 유일한 놀이 기구인 은빛 굴렁쇠를 굴리며 푸른 초원 위로 멀어져가는 모습은 늠름했다. 이런 어린이들이 얼마나 제대로 교육받느냐에 따라 몽골이 특이하고 우수한 정체성을 획일화시키지 않으면서, 어떻게 그들 나름의 근대화를 이룩할 수 있느냐 하는 성패가 달려 있다. 그 문제는 그들에게 정이 깊어질수록, 우리의 방문 목적을 떠나서도 저절로 우러나는 거의 육친애적인 애정 같은 게 되었다.

몽골은 국토가 우리와는 댈 것도 아니게 큰 나라고, 아직 개발되지 않은 무진장한 지하자원과 청정한 공기를 가진 희망찬 나라고. 원나라 때는 우리와 피와 문화의 교류가 가장 활발했던 친한 나라이기도 하다. 그러나 인구 비율로 보면 아주 작은 나라여서 인구 대국인 우리가 십시일반으로 돕는다면 그 효율이 어떤 후진국보다 크게 나타날 수 있는 나라다. 근래 부쩍 높아진 몽골에 대한 우리의 관심이 단지 새로운 볼거리에 대한 호기심을 넘어 실질적인 도움으로 연결되었으면 하는 바람이 간절한 것도 큰 보람을 느낄 수 있는 그 높은 효율성 때문이다.

3부

왜 인간이냐고 묻는 것

그 자리에 내가 있다는 감동
—바티칸 기행

외교통상부로부터 교황 요한 바오로 2세 조문사절단의 한 사람으로 로마에 가달라는 전화를 받았을 때, 너무 놀라서 그랬는지 천성이 미련하여 그랬는지 그 일이 영광이라든가 은총이라는 생각은 들지 않았다. 내 나이와 건강이 장시간 비행 후 쉴 틈 없이 의식에 참가하는 고된 일정을 감당할 수 있을까, 내 몸 걱정부터 앞섰다. 그래서 그 일정 동안에 피치 못할 약속이 있는 것처럼 꾸며대면서 사양하려고 했다. 약속이 있긴 있었지만 가족이 모여 성묘 가기로 한 약속을 그렇게 과장되게 말하는 내가 문득 싫어지면서, 네, 가겠습니다, 할 수 있는 용기가 생겼다.

나는 왜 이런지 모르겠다. 교황님의 선종 소식을 처음 들었을 때도 깊은 슬픔과 함께 기쁨에 가까운 안도감을 맛보았다. 하느님이 우리를 내려다보시는 시선과 미소가 저러하시리라 믿어지던, 절대적으로 선한 교황님의 모습을 다시는 볼 수 없게 되리라는 게 슬펐지만, 하느님의 대리자도 결코 비켜가지 않은 인간적인 온갖 병고에 시달리시면서도 하느님의 대리자로서의 고된 임무를 다하시는 모습이 뵙기에 어찌나 조마조마하던지 마지막까지 존엄성을 잃지 않고 선종하셨다는 속보를 접했을 때 마침내 그 힘든 짐을 내려놓으셨구나 싶어 크게 안도의 한숨이 나오지 않았나 싶다.

조문사절단의 일원이 되어 로마에 가기로 마음을 정하고 떠나기까지 준비할 건 검정 옷 한 벌이면 충분했지만 나에게 왜 이런 분에 넘치는 일이 생겼을까 감사하고 두려워하는 마음은 좀처럼 가라앉지 않았다. 일행 중 내가 제일 나이가 많았기 때문에 혹시 여행 중 동행들한테 근심이나 폐를 끼치는 일이 생기면 어쩌나 하는, 나이를 의식한 건강 걱정도 안 할 수가 없었다. 그런저런 일로 떠나는 날까지 기도하는 마음으로 보냈다. 아침 아홉시 사십오분 비행기로 떠났는데 로마에 도착한 시간은 그날 저녁 여덟시경이었다. 일곱 시간의 시차가 있으니까 파리에서 비행기를 갈아타느라 지체한 시간까지 합치면 장장 열일곱 시간이나 걸린 셈이었다. 그런데도 그다지

피곤하지 않았다. 총리를 단장으로 하는 공식 조문사절단이라 그런 점도 있었겠지만, 세계 각국에서 조문객이 쇄도하는 공항치고는 입국 수속이 신속하고 매끄럽게 진행돼 한결 덜 피곤했다.

그날 밤은 성염 주 교황청 대사 관저에서 이탈리아식으로 저녁을 먹고 곧 호텔에 들었다. 내일로 박두한 장례식에 참석하기 위해 전 세계에서 몰려든 각국의 수뇌, 왕족, 귀빈, 조문사절단, 몇백만의 일반 조문객 등으로 로마가 얼마나 만원일까라는 생각을 미리 하고 있었던 터라 아무리 공식 조문사절단이라 해도 천막에서 자도 그만이라는 각오까지 했었는데 뜻밖에 좋은 호텔에 들게 되어 꿈만 같았다. 그러나 시차와 근심 걱정, 긴장 때문에 잠을 제대로 이루지 못했다. 아무리 승용차로 간다 해도 내일 아침 그 많은 인파를 뚫고 과연 제시간에 바티칸에 도착할 수 있을까, 내가 걱정한다고 달라질 리 없는 걱정은 안 하는 게 수라는 걸 알 만한 나이가 됐건만도 그 모양이었다.

호텔은 바티칸에서 어느 정도 거리에 있는지 감도 잡을 수 없었지만 '행사 차량'이라는 표시를 단 승용차는 이해찬 총리가 탄 차를 선두로 정시에 출발했다. 인도는 매우 붐비고 있었지만 행사 차량 외의 승용차는 통행이 금지되고 있어 차도가 서울의 차도보다 훨씬 좁았음에도 불구하고 차는 잘 빠졌다. 대표단은 바티칸 대성당을 통해 귀빈석이 마련된 광장으로 나가게 돼 있었다. 성염 교황청 대사가 우리를 인도했다. 절로 옷깃을 여미게 하는 장엄한 대성당을 지나 광장으로 통하는 문 앞에는 아름답고도 경건한 주교 복장을 한 주교님들이 도열해 서서 조문객들에게 일일이 악수를 청하고 인사를 했다. 우리에게는 안녕하십니까, 감사합니다, 라고 했다. 그 친근한 한마디에 문득 선종하신 교황님이 우리나라를 처음으로 방문하셨을 때 유창한 우리말로 '벗이 먼 데서 찾아오면 이 또한 기쁘지 아니한가'라고 시작하신 그 따뜻하고 정겨운 인사 말씀이 생각나면서 마치 친정아버지 장례에 온 것처럼 내가 꼭 와야 할 데를 왔다는 안도감과 마음속 깊은 곳에서 우러나는 슬픔을 느꼈다.

이천여 석의 귀빈석은 조문사절단이 아직 입장중이라 뒤에 빈자리가 남아 있었지만, 그 넓은 바티칸광장은 이미 입추의 여지 없이 꽉 차 있었다. 사백만의 조문객이 로마에 모였다 하니 광장까지 못 들어온 사람이 더 많을 것이다. 각국을 대표하는 왕이나 대통령, 수상 등의 자리는 앞자리에 따로 마련돼 있어 이해찬 총리는 거기 앉고 우리는 뒤의 빈자리에 자유롭게 앉았다. 귀빈석에는 나라의 크고 작음이나 인구의 많고 적음에 상관없이 다섯 석 정도의 자리를 배정받았노라고 성염 교황청 대사가 일러주었다. 열시에 장례식이 시작되기까지 잠시 기다리는 동안이 나에게는 한눈팔기에 알맞은 시간이었다. 귀빈석에는 백여 나라에서 온 조문사절단이 자유롭게 뒤섞여 앉을 수 있도록 돼 있었다. 피부색이 다양할 뿐 아니라 복장으로 봐서 가톨릭과 별로 친하지 않을 것 같은, 또는 적대 관계인 것처럼 알려진 종교의 지도자 복장도 많이 눈에 띄었다. 어느 나라인지 가슴에 여러 개의 훈장이 찬란하게 빛나는 조문객도 있었다. 우리 뒤쪽에는 영국 블레어 총리 부처의 모습도 보였다. 각국 수뇌 중엔 부시 미국 대통령이 가장 나중에 들어왔다가 제일 먼저 나갔다고 하는데 내 자리에서는 잘 보이지 않았다.

초강대국으로부터 종교가 다른 작은 나라 지도자까지, 왕족 귀족으로부터 침낭을 메고 걸어온 젊은이들까지 한결같이 애도하는 그는 누구인가. 유럽에서는 가난한 약소국에 속했던 작은 나라 폴란드의 평범한 가정에서 태어났고, 추기경에서 교황으로 선출되리라고 아무도 예상하지 못했던 낯선 인물이었다. 그래서 이번에는 아프리카 사람 차례가 아니냐고 묻는 이까지 있었다고 한다. 주로 이탈리아 추기경이나 될 수 있었던 전통을 깨고 핍박받는 약소국에서 처음으로 선출된 교황은 위대했다. 일찍이 이 지구상에는 없었던, 가히 세계장葬이라 부를 만한 고별 의식이 그걸 말해주고 있었다. 교황청의 대외 정책의 기조는 정의와 사랑에 기초한 보편적 평화 추구라고 알려져 있다. 일찍이 교황 비오 12세는 교황청의 그런 이상을 이렇게 요약해 말한 바 있다.

"가장 고매하며 커다란 가치의 상징인 소국 바티칸의 전쟁 능력은 무無에 가깝다. 그러나 평화에 대한 능력은 무한으로 크다."

이렇게 짜릿하도록 아름답고 거룩한 이상에 몸 바친 게 바로 요한 바오로 2세 교황의 일생이었다. 어찌 경배하지 않겠는가. 교황을 애도하는 몇백만 조문객이 만들어내는 분위기는 비통하기만 한 것도, 경건하기만 한 것도 아니었다. 미사곡은 우리의 영혼을 속세에서 해방시켜 들어올리듯 황홀했고, 교황의 어린 시절부터 시작해서 그가 남긴 업적을 낭독하는 동안 광장에서 터져나온 십여 차례의 박수와 환호성, 그때마다 물결치던 폴란드 국기를 비롯한 각국의 깃발, 그건 애도라기보다는 환호에 가까웠다. 슬픔과 환희가 이렇게도 잘 어울릴 수 있다는 것은 상상도 못해본 참으로 놀랍고 아름다운 일이었다. 놀랍고 아름다운 일은 그뿐이 아니었다. 우리의 김수환 추기경님을 비롯해서 각국의 추기경님들이 참석한 추기경님 석을 바라보고 있노라면 가톨릭이 그 유구한 역사만큼이나 보수적이고 늙은 종교라는 인상을 지울 수 없었는데, 교황님에 대한 애도와 사랑과 긍지를 박수와 깃발을 통해 능동적으로 표현하는 조문객들은 다들 폭발할 듯이 젊고 발랄해서 이런 젊은 피가 가톨릭을 끊임없이 쇄신케 하여 영원히 늙지 않는 종교로 만들리라는 뿌듯한 희망을 갖게 해주었다. 교황의 소박한 관을 지하에 안치하기 위해 베드로성당의 죽음의 문을 통과할 때도 우레와 같은 박수가 터졌고, 나도 덩달아서 크게 박수를 쳤다. 그때 가슴속 저 밑바닥을 화끈하게 한 느낌은 슬픔도 기쁨도 아닌 그 자리에 내가 있다는 감동이었다. 이 세기의 장례식은 보나마나 CNN으로 전 세계에 중계될 텐데 앉아서 편히 구경하지 그 많은 사람들이 왜 어렵사리 걸어서까지 거기 오며 또는 오고 싶어하는가. 전통이 유구한 장엄한 종교의식에 직접 몸담아보고 싶은 인간 심리 중에는, 인간이라면 누구에게나, 신분의 귀천, 인종이나 종족, 피부색이나 문화의 다름과는 상관없이 공통으로 내재하는 존재에 대한 존엄성을 확인받고 싶은 것도 있는 게 아닐까. 나에게 그런 기회가 주어진 걸 크나큰 은총으로 알고 감사하는 마음을 오래도록 간직하겠다.

숨쉬지 않는 땅
— 에티오피아 방문기

소말리아 접경 난민촌을 찾아

에티오피아에 대한 내 사전 지식은 매우 환상적인 것이었다. 솔로몬과 시바여왕의 지혜 겨루기에 의해 태어난 메넬리크 1세를 시조로 한 삼천 년 왕국이 1974년 군부 반란 때까지 면면히 이어져왔다는 것과, 아프리카 여러 나라 중 유일하게 고유문자가 있고 한 번도 강대국의 식민지가 돼본 적이 없다는 것은 얼마나 멋있고 장엄한 일인가. 이런 고대 문명의 영화와 품격에다가 금상첨화로 원시적인 숲과 초원과 야생동물들은 아프리카이므로 으레 있으려니 했다. 그리하여 나의 여행 목적이 유니세프 문화예술인 모임의 일원으로 난민 캠프와 가뭄이 심한 지역 등에서 유니세프가 식수와 어린이의 교육 및 보건 위생 등 시급한 문제를 어떻게 돕고 있나를 견학하기 위한 거였음에도 불구하고 관광에 대한 기대로 은근히 설레지 않았다고는 말 못하겠다. 여북해야 비행기를 몇 번씩 갈아타야 하는 불편조차 그 나라에 대한 아득한 신비감을 더해주는 것 같아 싫지가 않았다.

아디스아바바에 도착한 다음날 아침 일찍 우리 일행은 미처 여독을 풀 새도 없이 전세기 편으로 소말리아 난민수용소가 있는 고데 지방으로 향했다. 비행기는 좌석이 스무 석 미만의 작은 프로펠러 비행기였고 내부는 1950년대의 우리나라 시외버스 속처럼 남루하게 헐어 있었지만 비행은 동요 없이 충분한 안정감을 주었다. 고데까지 거의 세 시간이 걸렸으나 만약 자동차로 갔더라면 도로 사정과 검문 등을 감안할 때 닷새는 걸릴 거리라고 했다. 국제선보다 고도가 낮아서인지 잔혹하리만치 쾌청한 날씨 때문인지 국토의 모습이 조감도처럼 선연하게 눈 아래 펼쳐졌다.

이 나라 땅은 조금도 신비하지는 않고 다만 적나라했다. 신비감이란 느끼는 이와 대상 사이에 감질나게 아른대는 은은한 장애물이 있을 때 비로소 생겨나는 정서이다. 그리하여 전라全裸보다는 반라半裸가 신비하다. 그 고장은 황갈색의 국토를 가려줄 나무나 숲이 너무도 귀했다. 산도 들도 경작지 농도가 조금씩 다른 황갈색이었고, 마을도 당산나무는커녕 울타리 나무 하나 없이 적도의 태양 아래 무자비하게 노출돼 있어 폐촌 같은 느낌이 들었다. 이 나라에선 수확기가 이미 끝났다고 하니 농경지가 비어 있는 것은 이해할 수 있다 해도, 사시장철 좋은 기후를 감안할 때 산에 나무는 물론 들판에 잡초라도 무성해야 옳았다. 녹색이 귀한 현상은 아디스아바바에서 멀어질수록 더해갔고, 그게 바로 말로만 듣던, 몇 년째 계속된다는 한발의 현장이었다. 그 흐름의 곡선으로 미루어 하천이었음이 분명한 계곡도 바짝 말라 이끼 같은 푸르름이 겨우 남아 있을 뿐이고, 들판에선 간혹 회오리바람이 메마른 땅에서 뽀얀 먼지 기둥을 하늘로 말아올리는 것이 보였다. 까닭 없이 공포감이 엄습했다. 신비감을 동반하지 않은 공포감은 그러나 생생했다. 국토의 칠십 내지 팔십 퍼센트가 경작 가능한 평원이라는, 우리로서는 부럽기 짝이 없는 지형이 오랜 가뭄으로 말라 있을 뿐 아니라 운동장처럼 딱딱하게 굳어져 다시는 숨을 쉴 것 같지 않은 게 그렇게 공포스러울 수 없었다.

땅의 숨결이란 무엇인가. 나무와 풀과 푸성귀의 씨앗을 품고 싹트게 하고 밀어올리는 거대한 에너지가 아닌가. 만약 올해로 이 가혹한 한발이 끝나고 충분한 비가 내린다면 땅이 되살아날까. 나는 그 메마른 땅으로 폭우가 쏟아질 것을 상상하는 게 더 무서웠다. 토사와 영양분을 사정없이 훑어갈 게 뻔하기 때문이다. 숨쉬지 않는 땅이란 물과 영양분의 저장 능력이 없는 땅이기도 했다. 그런 뜻으로 이 나라의 황폐화는 천재보다는 오랜 내전과 군사독재로 농업정책이나 산림정책이 전무한 사이에 목재나 땔감 등으로 삼림을 남벌한 인재 쪽에 더 많은 책임이 있는 게 아닐까. 내 나라를 떠난 지 사흘도 안 됐건만 벌써 나는 겨울에도 부드럽게 숨쉬는 우리 땅에 목마름 같은 애틋한 그리움과 자부심을 느끼고 있었다.

그러나 숨쉬지 않는 땅에서 사람이 목숨을 부지하기가 얼마나 가혹한 것인가를 그렇게 충격적으로 목격하게 될 것이라고는 미처 모르고 있었다. 고데는 아디스아바바와는 달리 몹시 더웠다. 비행장까지 마중나와준 유니세프 차가 뽀얀 흙먼지를 일으키며 난민촌으로 향하는 동안도 뜨거운 불모지는 계속되었다. 도대체 이만 못한 데가 어디 있다고 여기에 난민이 모여든단 말인가, 이해가 안 되었다. 그러나 이 지역은 1977년 오가덴전쟁 때 멩기스투 정권이 소련, 쿠바 등 외세의 군사력 지원까지 받아 진압한 곳으로 그때 전란을 피해 소말리아로 피난 갔던 소말리아계 에티오피아인들이 소말리아

내전을 피해 다시 건너온 것이니 피난인 동시에 귀향일 수도 있었다. 피난이고 귀향이고 간에 이제 겨우 민주적인 과도정부가 들어섰다고는 하나 이십 년 내전으로 손실된 국력의 소모가 극심한데다가 한발까지 겹쳐 기존의 인구도 기아선상에 있는 마당에 그들을 따뜻하게 맞이할 여력이 있을 리 만무했다. 국경없는의사회 등의 봉사 단체가 유니세프의 지원으로 주로 어린이들의 급식과 급수와 질병의 치료와 예방 등 당장 급한 일에 최선을 다하고 있었으나 그들이 초인이 아닌 바에야 무진장 밀려드는 난민의 기아와 질병과 무기력을 어찌 고루 감당할 수 있으랴. 고데가 난민 캠프 중 제일 큰 데도 아니건만 고데의 원주민 이만 명보다 훨씬 많은 수를 수용하고 있고 매일 늘어나고 있으니 현재 몇 명이라고 말하기조차 어렵다는 것이다. 영양 상태가 극히 나빠 주사와 하루 일곱 번씩의 특별한 유동식 급식이 필요한 어린이와 그 보호자를 따로 수용하고 있는 대형 캠프, 폐결핵 환자 수용 캠프, 예닐곱 명 단위의 가족이 기거하게 돼 있는 캠프를 차례로 돌아보았다. 캠프라고 해서 천막을 생각하면 안 된다. 병원이나 요양소 역할을 하는 집단 캠프는 그래도 함석으로 벽이나 지붕을 만들었지만, 단독주택은 꼭 우리나라의 과히 호화롭지 않은 보통 사람의 무덤만한 크기와 모양으로 둥글고 엉성하게 짚을 엮은 것이다. 햇볕을 가리고 바람을 통하게 하려면 차라리 그게 나을지도 모른다.

내부는 흙바닥이고 한 평 남짓한 넓이에 여러 아이와 한두 어른이 오물오물할 뿐 가진 건 아무것도 없다. 그런 집들이 메마른 땅에 돋아난 부스럼 딱지처럼 일정한 간격으로 한없이 펼쳐져 있다. 그들의 모습은 너무도 피골이 상접해 있는지라 그림이나 필름으로 보고 상상한 것 이상이었다. 또하나 상상 밖의 일은 그곳 아이들의 용모의 뛰어남이었다. 앞뒤로 톡 튀어나온 수려한 두상과 깊고 맑고 검은 큰 눈과 조밀하고 긴 속눈썹과 아름다운 쌍꺼풀은 그들이 솔로몬의 지혜와 시바 여왕의 미모를 면면히 잇고 있다는 것을 믿을 수밖에 없도록 했다. 더욱 놀라운 것은 그들의 미소였다. 그들은 절대로 구걸이나 읍소를 하지 않고 다만 웃었다. 어른도 아이도 천사처럼 티 없이 웃었다. 어떻게 그 지경에서 웃을 수가 있는지. 영양실조가 심한 어린이들을 수용한 한 캠프에서였다. 노인이 어린이를 안고 있는데 뼈에 가죽만 입혀놓은 것 같은 어린이는 내가 보기에 숨을 쉬고 있는 것 같지 않았다.

노인이라 죽은 걸 모르고 있을지도 모르겠다 싶어 아이를 살짝 만져보았더니 큰 눈을 반짝 뜨더니 나를 보고 활짝 웃는 게 아닌가. 굶어죽는 것처럼 서서히 그리고 고통스럽게 진행

되는 죽음이 또 있을까. 그렇게 죽어가는 마당에 어쩌면 그다지도 친화감 넘치는 미소를 보낼 수 있을까. 나는 놀라서 비명을 지르고 말았다. 그리고 가슴이 미어지는 것 같았다. 이 아이들을 위해서 아무것도 안 하면 사람도 아니다 싶었다. 육이오전쟁 때 우리를 도와준 참전국이라거나 우리 어린이들도 한때 유니세프 덕으로 허기를 채운 적이 있다는 걸 상기해서도 아니었다. 다만 보았다는 것 자체가 엄청난 책임감이 되고 있었다. 책임을 다할 자신도 없었지만 아무것도 안 하긴 더욱 어려울 것 같았다. 보기가 잘못이었다.

열악한 교육 환경

에티오피아에서의 첫 방문지가 고데 난민촌이었던 것이 우리 일행에게 정신적으로나 육체적으로나 좀 무리였나보다. 젊은 엄마이기도 한 일행 중의 한 여성은 현장에서도 울음을 못 참더니 돌아오는 비행기 중에서도 심한 오한 증세를 보여 우리를 근심스럽게 했으나 울음이나 오한이 지극히 자연스러워 보였다.

각각 표현의 방법이 다를 뿐 어쩔 줄을 모르겠는 건 피차 마찬가지였다. 분노, 경악, 가책 등의 격한 감정과 더위 먹은 것처럼 맥을 못 추게 늘어지기만 하는 육체와의 부대낌은 어쩔 수 없이 몸살기를 일으키고 있었다.

나는 부끄럽게도 내가 만약 어떤 불가피한 사정에 의해 일행과 떨어져 그 난민촌에 혼자 남아 하룻밤을 지내야 하는 일이 생긴다면 차라리 죽는 게 나을 거라는 생각을 했다. 아무한테도 그런 생각을 드러내지 않았건만 스스로 부끄러웠던 것은 국경없는의사회의 젊은 벨기에 의사의 의연한 태도 때문인지도 모르겠다.

그는 어떤 가치관을 가지고 거기서 일하게 됐냐는 우리의 질문에, 여기엔 도움을 필요로 하는 어려움이 있고 자기가 할 수 있는 일이 있기 때문에 있을 뿐이라고 대답했다. 나는 어리석게도 자유의사에 의해서 그 일을 하고 있느냐는 질문을 했고, 그는 또 그렇다고만 간단히 대답했다. 세상에, 자유의사에 의하지 않고 누가 거기 있을 수 있단 말인가. 그 의사의 안내로 말기 결핵 환자를 수용하고 있는 캠프에 갔을 때의 생각도 났다.

환자들이 기침을 할 때는 고개를 돌리라는 주의 사항을 듣고 지레 겁이 나서 안 들어가려고 했다. 그러나 문가에 누워 있던 환자가 웃으면서 들어오라고 손짓을 했다. 골격의 표본

이 옻칠을 하고 누워 있는 것처럼 살점이 하나도 안 남은 노인의 미소와 손짓은 차마 거역할 수 없을 만큼 처절했다. 나는 비실비실 웃으며 그에게 다가갔고, 그게 내 위선의 한계였다.

그날 밤 숙소에 돌아와 나 역시 호된 몸살과 체증을 앓았다. 그다음날 예정은 아디스아바바시의 공립과 사립의 초등학교를 참관하는 일이었다. 참관하기 전 교육부의 기획실장·중등교육국장·초등교육국장·특수교육국장 들로부터의 브리핑이 있었다.

현정부는 좌경 군사정부를 몰아내고 민주화로 노선을 바꾼 과도정부여서 교육뿐 아니라 정치적 경제적으로 변혁기라고 했다. 그러나 전국이 자치적인 열네 개의 행정구역으로 나뉘어 있고 행정구역장 선거는 이미 끝나서 지금은 자리가 잡혀가고 있는 중이라니 그들이 아마 경제적 부흥을 이룩할 원동력이 돼야 할 것 같았다.

국토 면적이 일백이십이만여 평방킬로미터나 되니 남한의 열두 배가 넘는다. 각 주가 남한과 비슷한 면적을 가졌을 테고 인구는 남한과 비슷하니 우리처럼 땅에 감질이 나는 민족에겐 부러운 조건이 아닐 수 없다. 그러나 워낙 넓은 국토라 종족의 분포나 지형, 강우량을 비롯해서 각종 생활 여건의 격차가 심해 중앙정부는 더 못한 데를 도와주고 외국의 원조나 투자도

한 군데로 몰리지 않도록 조절하는 역할을 한다고 했다. 일행 중 세 분의 사립학교 교장 선생님들은 전국의 초등교육이 통일된 교과과정을 가졌나를 궁금해하셨고, 그렇다는 대답을 들었으나 그 역시 아마도 진행중일 거라는 인상을 받았다.

에티오피아의 현재 일인당 국민소득은 백이십 달러로 우리의 1960년 국민소득 팔십칠 달러보다 많다. 그러나 현재 그들의 초등학교 취학률은 삼십오 퍼센트이고 졸업률은 십일 퍼센트에 불과하다. 시골에선 일주일에 나흘은 먹고 사흘은 굶는 형편이니 학교 보낼 생각이 날 수가 없다는 것이다. 그나마 취학한 아동도 교과서 한 권으로 대여섯 명이 나누어 써야 하는 곳이 수두룩하다고 했다.

우리의 1950년대 생각이 났다. 그러나 우리는 당장 내일의 운명이 불안한 피난지에서도 자식들을 가르치는 데 있어서만은 죽기 아니면 살기로 총력을 기울였다. 기껏 술지게미밖에 못 먹인 자식도 기를 쓰고 학교로 내몰았고 그렇게 가르친 아이들이 훗날 경제발전의 주역이 됐다. 그때의 비통하리만큼 극성맞았던 우리의 교육열에 새삼스럽게 자부심을 느끼며 이 나라의 낮은 취학률이 정부에서 마련해주어야 할 기본적인 시설의 미비인지 부모들의 교육열 부재인지가 궁금했다.

자그마치 이십 년 동안이나 내전을 치른 것을 감안할 때, 관민이 다 지칠 대로 지쳐 있다고 보는 게 타당할 듯했다. 난민촌을 볼 때는 그들을 아사와 질병의 공포에서 구하는 일이 유니세프가 최우선으로 해야 할 일이다 싶더니 도시에 오니 초등교육의 혜택만이라도 고루 돌아가도록 하는 것 또한 미룰 수 없는 시급한 문제로 여겨지는 것 또한 어쩔 수가 없었다. 교육은 개인에게뿐 아니라 국가의 미래요 희망이요 운명이기 때문이다.

학교를 돌아보기 위해 시내 여러 곳을 거치면서 낮은 취학률을 더욱 실감했다. 거리마다 그 시간이면 학교나 직장에 있어야 할 청소년들이 넘쳐나고 있었다. 집이 없거나 있어도 열악한 주거환경 때문에 거리에서 서성이는 듯했다. 어디로 가고 있는 것도 아니고 모여서 뭘 하고 있는 것도 아니고, 그냥 우두커니 섰거나 서성이는 청소년들이 그렇게 많을 수가 없었다. 처음엔 무슨 날이거나 어디서 특별한 구경거리가 나타나려니 했으나 그게 아니었다. 별로 번화가도 아닌 거리까지 일 없이 배회하는 인파로 뒤덮여 있다가 우리 차가 멈추면 큰 구경거리처럼 달려들곤 했다.

그렇다고 시내에 차가 귀한 것도 아니었다. 대부분이 일제인 외제차의 왕래가 빈번하고 고급차도 심심찮게 눈에 띄었다. 요컨대 그들은 심심한 것이었다. 선량하지만 무기력해 보여서 속상했다. 저 아이들이 심심하지 않도록 무기력으로부터 일으켜세울 수 있을 때 비로소 이 나라에 진정한 변화가 올 것 같았다.

방문하는 초등학교마다 어린이들의 성의를 다한 환영을 받았다. 학교마다 꽃다발까지 준비하고 우리 일행을 반겨주었고, 어떤 사립학교에선 멀리서도 "웰컴, 웰컴" 하는 어린이들의 환성이 들릴 정도로 준비된 환대를 받았다. 사립학교가 조금 나은 편이었지만 거의 비좁고 어두운 교실에 백 명 가까운 어린이가 체형에 안 맞는 책상에 세 사람씩 끼어 앉아 수업을 받고 있었다. 취학연령이 일정치 않아 한 학년에서도 연령 차이가 다섯 살 정도나 난다니 책상 걸상이 체형에 맞고 안 맞고를 따질 계제가 아니었다.

위도상으로는 열대지만 고원 지방이라 아침저녁으로는 선선하고 기분좋은 날씨지만 하오에는 상당히 더운데도 함석으로 지붕뿐 아니라 벽까지 쳐놓은 것이 답답하다못해 황폐한 느낌이 들었고, 마무리가 잘 안 된데다가 헐어서 창가에서 삐죽삐죽 날을 세우고 있는 함석은 안전사고의 위험까지 느끼게 했다.

사립학교를 빼고는 운동장이 없는 것도 이해가 안 됐다. 최고 4부제까지 있다는 과밀 학급을 운동장으로 숨을 터줄 수는 없었을까. 국토가 우리의 열두 배가 넘을 뿐 아니라 물러난 정부가 사회주의 정부였다는 걸 감안할 때 돈 안 들이고도 학교 부지쯤 널찍널찍하게 확보해둘 수도 있었으련만, 하는 부질없는 생각이 들었다.

그러나 비록 열악한 교육 환경에다가 학용품이라고는 각자 몽당연필 한 자루가 고작이었지만 아이들의 눈은 빛났고 태도는 순진하고 씩씩했다. 거리의 아이들의 늘쩍지근한 무기력과 대조되어 비로소 가능성의 싹수를 발견한 느낌이 들었고, 우리 아이들의 지나친 호강이 슬그머니 민망해졌다.

우리 아이들이 알기나 할까. 저희들에게 그런 과소비를 시키는 부모들이 한때는 유니세프에서 주는 분유와 옥수수빵으로 영양부족을 근근이 달래면서 공부한 세대라는 것을.

지금 사오십대의 부모 세대는 오직 자식을 여봐란듯이 호강시키는 걸로 그때의 쓰라린 궁핍을 복수해왔다.

또한 남의 도움을 받는 것이 결코 부끄러운 일이 아니란 것을 실력으로 보여준 세대이기도 하다. 이제야 진정코 부끄러운 것은 남의 도움을 받는 게 아니라 받은 것을 더 낮은 곳으로 돌려주는 것을 잊어버리고 사는 거라는 생각에 도달했다면 너무 늦은 것이나 아닌지 모르겠다. 그건 우리 아이들의 학용품이고 먹을 것이고 도무지 귀한 걸 모르는 흥청망청에 대한 은밀한 반성과도 통하는 민망함이었다.

악숨 지방의 지하수 개발

공사립 초등학교를 돌아보고 나서 하오에는 유니세프에서 지원하는 부랑아의 급식 교육 시설과 부녀자들을 위한 소득 증대 사업 시설, 청소년들의 임시 교화소 등을 돌아보았다. 아디스아바바에만도 거리의 아이들이 이만여 명이라지만 우리가 보고 느낀 바로는 훨씬 더 돼 보였다. 그건 아마 직업이 없는 어른들까지 길에서 많이 방황하고 있기 때문일 것이다. 그런 의미에서 거리에서 먹고 자거나, 집이 있어도 따뜻한 가정을 갖지 못한 청소년들에게 먹고 자는 문제뿐 아니라 직업교육에 중점을 두고 일한 만큼의 소득을 보장해주는 것 등의 유니세프 사업은 매우 바람직하게 보였다. 그러나 그런 시설에서 교육하고 수용할 수 있는 인원은 전체 부랑아에 비해서는 터무니없이 모자란다는 느낌을 받았다.

다음날 국내 여객기 편으로 메켈레로 떠났다. 메켈레는 티그라이주의 주도로, 몇 년째 한발이 계속되고 있는 티그라이주에서 유니세프가 지원하고 있는 식수·위생·보건 사업 등을 돌아보기 위한 여행이었다. 처음에 아디스아바바공항에 내릴 때부터 이상하게 여긴 거였는데 그날도 공항 주변을 차단한 울타리 밖에는 많은 사람들이 공항 쪽을 우두커니 바라보며 운집해 있었다. 비행기를 탈 사람 외에는 일반인이 배웅이나 마중을 위해 공항에 들어가는 건 금지돼 있는 듯했다.

공항에 들어가는 게 특권층으로 보이는 것도 아니다 싶었지만, 사람들이 목책에 매달리다시피 다닥다닥 붙어서 공항을 들고 나는 사람을 물끄러미 바라보고 있는 모습은 누구를 기다린다기보다는 심심해서 구경거리를 찾고 있는 것처럼 보였다. 마땅한 일거리도, 바쁘게 갈 만한 곳도 없는 것처럼 보이는 사람들이 넘쳐나는 건 보는 사람의 가슴까지 답답하게 만들었다.

메켈레까지 가는 동안에도 지상에서 녹색을 찾아보기 힘들기는 고데에 가는 동안보다 더했다. 메켈레공항에 내리니 바람이 심해 건물 그늘로 들어서지 않으면 바람에 날려갈 것 같았다. 계절적으로 풍기風期라고 했다. 비가 안 내려 건조할 대로 건조한 땅에 바람이 휘몰아쳐서 그런지 땅에는 유난히 돌이 많았고 집들은 거의 돌집이었다.

농지의 경계도 낮은 돌담으로 돼 있는 것이 우리나라 제주도 풍속과 닮아 보였지만 녹색이 귀하니 어찌 에메랄드처럼 아름다운 제주도에 비하랴. 인구 십만 정도의 도시라는데도 길에 나와 있는 사람들이 많은 것은 아디스아바바와 마찬가지였다. 우리가 여장을 푼 아브라하캐슬호텔은 그 고장을 한눈에 조망할 수 있는 위치에 흐드러지게 핀 붉은 부겐빌레아 꽃과 보라색 자카란다 꽃에 둘러싸인 고성풍의 돌집이어서 황폐한 풍경에 질린 눈에는 신기루처럼 비현실적으로 보였다. 우리가 거기서 하룻밤을 자고 다음날 아침 일찍 유니세프 차 넉 대에 분승하여 악숨까지 가서 일박 하고 다시 돌아오기까지의 여정은 이번 여행 중 가장 뜻있고도 힘든 강행군이었다.

악숨은 에티오피아 북부에 있는 악숨 제국의 고도古都로, 그 인근에는 시바여왕의 궁전터가 있다고 알려져 있어 약간의 호기심이 동하지 않는 바도 아니었으나, 관광보다는 유턴 지점으로서 그곳이 적합했다고 여겨진다. 메켈레에서 악숨까지의 고산지대는 혹독한 한발 지역일 뿐 아니라 아찔하도록 험한 산길이어서 유니세프가 지원하고 있는 식수 사업이나 학교 등을 돌아보면서 가는 데 꼬박 하루가 걸렸다.

우리는 가는 길과 오는 길을 각각 다른 길로 잡음으로써 최대한 광범위하게 볼 수 있었다고 생각한다. 사람이 도저히 살 수 없을 만큼 물이 귀하다는 것은 스치는 풍경만으로도 공포감에 가까우리만큼 생생하게 육박해왔다.

포장이 안 된 산길은 돌이 많아 차가 춤을 추었고 메마른 땅에서 피어오르는 흙먼지 때문에 앞차와 상당한 거리를 두지 않으면 아무것도 내다볼 수가 없었다. 미국의 그랜드캐니언을 닮은 단애가 도처에 입을 벌리고 있는 고원이나 굽이굽이 휘돌아가며 올라야 하는 아찔한 산속에도 마을과 교회당은 있었고, 나무를 하거나 가축을 모는 아이들을 심심찮게 만날 수가 있었다. 이런 데서 뭘 먹고사는지 도대체 사람이 살 수 있을 것 같지 않은 데서 사람들을 만나는 것도 신기했지만 더 신기한 건 사람들의 태도였다.

　아이고 어른이고 차만 보면 정답게 웃으며 손을 흔들었다. 우리 같으면 힘겹게 걸어가다가 차 때문에 옆으로 비켜서는 것만 해도 짜증스러웠겠지만 그런 지독한 흙먼지 세례까지 받으면 미소는커녕 욕이 저절로 나왔을 것이다. 티그라이주는 또 군사독재정권에 가장 치열하게 저항했던 곳으로 산중에도 탱크나 군용 트럭의 잔해가 도처에 남아 있었다.

　인명의 손실도 적지 않았고 여남은 살의 소년까지 나가 싸웠다고 한다. 그런데도 그들의 표정에는 전쟁의 무자비한 살기나 목숨을 건 용기의 흔적이 거의 느껴지지 않아 그들이 독재에 그렇게 집요하게 저항했다는 것이 믿어지지 않을 정도였다. 저항하려야 저항할 길 없는 가혹한 자연조건에의 순응이 그들의 표정을 그렇게 유순하게 만들었는지도 모르겠다. 농업을 전적으로 강우량에 의지하던 고장이 장기간의 한발로 메말라가는 모습은 기아로 죽어가는 사람의 모습과 어쩌면 그렇게 비슷한지, 우리가 곧잘 쓰는 신토불이身土不二가 우리하고는 다른 뜻으로 딱 들어맞고 있었다.

가뭄과 남벌로 산에는 거의 나무가 남아 있지 않았고 드문드문 남아 있는 나무도 잎이 메말라 고사목처럼 보였다. 어쩌다 눈에 띄는 반가운 녹색은 선인장 종류였고, 우리가 화분에서 겨우 손바닥만하게 키우는 선인장이 큰 나무처럼 자란 게 신기해 보였지만, 사막화의 징후가 아닌가 싶기도 했다. 그 지방의 가장 시급한 문제는 물론 식수 문제였다. 아직 물이 마르지 않은 우물이 몇 개 모여 있는 곳을 돌아보았는데, 그 주위는 제법 푸릇푸릇해서 멀리서도 습기가 남아 있는 땅이라는 걸 알 수가 있었다. 그러나 물은 우리 상식으로 우물이라기엔 너무도 탁한 뿌연 물웅덩이였다. 그래도 많은 사람들이 모여들어 물을 긷고 있었고 서너 시간 거리에서 온 사람도 많다고 했다.

물긷는 일은 전통적으로 부녀자들의 몫이어서 하루 예닐곱 시간을 순전히 물긷는 데만 소요하는 게 그곳 부녀자들의 일과라고 한다. 물통이나 좀 가벼웠으면 좋으련만 오지로 된 물통은 빈 것도 상당히 무거웠다. 자연히 임산부의 유산, 사산율이 높고 스물다섯 살만 넘으면 거의 다 불임증이 되고 말 정도로 식수난이 심한 고장도 있다고 했다.

그 지방에서 행해지는 유니세프의 중점적인 사업이 지하수 개발인 것은, 너무도 당연하고 또 얼마나 고마운 일인지 몰랐다. 차 한 대 값만도 오십만 달러나 된다는 거대한 장비 차가 물을 시추하는 광경은 장엄하고도 감동적이었다. 성공하면 한 구멍에서 이천오백 명을 먹일 수 있는 깨끗한 식수를 얻어 공급할 수 있고, 한 번 우물을 파는 데 보통 육천 내지 칠천 달러의 비용이 들며, 성공률은 팔십 퍼센트 정도라고 했다. 그러나 그 정도로라도 성공하는 것은 아주 행복한 경우이고, 산간지방에 우물을 파기 위해서는 장비 차가 들어갈 수 있는 도로부터 먼저 닦아야 하는 고충이 따른다고 했다. 시추가 성공해서 맑은 물이 펑펑 나오는 펌프장도 돌아보았다.

펌프장 주변에는 푸른 채마밭까지 있는 게 녹색에 굶주린 눈에 그렇게 싱그러워 보일 수가 없었다. 티그라이 지방의 전형적인 식수난 지역에 이미 설치된 펌프장이 삼십 군데에 이른다고 했다. 그 밖에도 산림을 되살리기 위한 묘목 사업, 저수지 공사 등 주로 가뭄을 이겨내기 위한 사업을 중점적으로 돌아보았기 때문일까. 이틀 만에 메켈레로 돌아와 지칠 대로 지친 몸이 혼곤한 잠에 빠지면서 나는 분명히 어릴 적 원두막에서 듣던, 옥수수 잎사귀를 때리던 상쾌한 소나기 소리를 들었다. 그러나 바람소리였나보다. 아침에 일어나 내려다보니 자카란다 꽃이 마당 하나 가득 보랏빛 융단처럼 깔려 있었다.

그래도 삶은 계속된다
― 인도네시아 방문기

지난달 하순경에 인도네시아에서도 가장 해일 피해가 엄청났던 반다아체 지역에 다녀왔다. 거기까지 갈 수 있었던 것은 내가 명색이 유니세프 친선 대사이기 때문이었을 것이다. 솔직히 가고 싶지 않았다. 젊어서 못 볼 것도 많이 봤으니까 남아 있는 날은 좋은 것만 보며 살고 싶다고 해도 과히 얌체 짓은 안 되려니 했다. 내키지 않는데도 딱 부러지게 거절을 못한 것은 내가 앞으로 좋은 일을 하면 얼마나 할 수 있을까 싶은 늙은이 특유의 엄살이 객기가 되었기 때문일 것이다.

막상 반다아체 주정부 청사와 각종 관공서와 주택가가 있던 한 도시가 완전히 괴멸한 무인지경에 이르러서는 정말이지 거기 간 걸 후회했다. 훗날 필설로 형용할 수 없다면 내가 그곳에 뭐하러 있었겠는가. 받아본 자료는 더 무서웠다. 방문한 날이 바로 해일이 있던 날로부터 한 달 되는 26일이었는데, 그날까지 그 지역에서만 행방불명을 포함한 인명 피해가 이십만 명이 넘었다. 전 세계를 공포의 도가니로 몰아넣었던, 오천여 명의 희생자를 낸 9·11 생각이 났다. 매일매일 그만큼 죽는 여긴 왜 이렇게 조용한가. 이십 미터가 넘는 바다의 벽이 서너 번을 들어왔다 나갔다는 그 지역은 내가 보기에도 살아 있는 생명이 아직까지 묻혀 있다는 건 불가능해 보였다. 그래 그런지 폐허를 뒤지고 다니는 사람도 울부짖음도 없이 다만 괴괴하고 허허로웠다. 없어진 도시보다 거기서 살아남은 사람은 어떡하고 있을까, 그게 더 걱정이 되었다. 사람 나고 도시 났지 도시 나고 사람 난 건 아닐 테니까. 자식을 땅에 묻고도 그날 밥을 먹을 수 있는 독한 게 인간이지만, 어느 날 갑자기 부모와 자식이 사라지고 믿고 의지하던 친척이나 이웃이 온데간데없어지고 살아오면서 낯익혀온 모든 것을 더는 볼 수 없게 되었을 때 과연 그 현실을 받아들이고 정상적인 생활을 계속할 수 있을 것인가. 경험해보지 않았어도 절대로 그럴 수 없다는 건 자명하다. 왜냐고 묻는다면 그건 왜 인간이냐고 묻는 것과 같다.

그날 밤 도무지 잠을 이룰 수 없었다. 번성했던 도시가 순식

간에 사라진 자리는 세월이 어루만지고 지나간 폐허하고는 또 다르다. 자연도 그가 저지른 일을 보고 너무했다고 생각하지 않았을까. 어떻게 물이 콘크리트와 철근을 그렇게 산산이 부술 수 있었을까. 믿기지 않는 마음은 내가 견고하다고 믿어온, 고국에 두고 온 나의 삶의 터전은 과연 안전한가, 거기 아직도 존재하기나 하는 걸까, 하는 공포감으로 이어졌다. 공포와 불안과 숙소의 무더위 때문에 전전반측 잠을 못 이루는데 새벽녘에 침대가 가볍게 네댓 번 흔들렸다. 말로만 듣던 여진이었다. 겁이 났지만 한 지붕 밑에 안성기처럼 착한 사람이 같이 자고 있는데 설마 무슨 일이 있을라구, 하면서 자신을 위로했다. 자연재해가 좋은 사람 나쁜 사람 가려서 치지 않는다는 것을 그토록 확실히 본 뒤건만 착한 사람은 가까이만 있어도 그렇게 위로가 되고 힘이 된다. 우리도 재해를 당한 그 많은 이재민, 특히 어린이들에게 힘이 되고 위로가 되는 착한 나라가 되었으면 참 좋겠다. 재력을 과시하기 위해, 혹은 훗날의 이익을 도모하기 위해 퍼주는 나라 말고 우리 각자의 착하고 따뜻한 마음을 참지 말고 표현해 살아남은 이들에게 힘이 되고 특히 어린이들에게 착한 나라로 기억되었으면 좋겠다.

다음날, 유니세프가 구호사업을 진행하고 있는 현장을 방문했다. 그 지역은 주정부의 기능 자체가 마비되어 긴급 구호뿐 아니라 행정적인 일도 겸하고 있었다. 인명 구조 다음으로 급한 일을 위생과 방역, 어린이의 건강교육, 가족 찾기 등에 두고 맹활약하는 유니세프와, 세계 도처에서 달려와서 그런 일에 발 벗고 나선 우리의 젊은 의사들, 자원봉사자들을 보면서 우리나라가 유니세프의 도움을 받는 나라에서 도움을 주는 나라가 됐다는 데 자부심을 느꼈다. 같은 날 난민 캠프에서 막 태어난 신생아의 얼굴에서 천사의 웃음(배냇짓)을 보고 나도 처음으로 활짝 웃을 수가 있었다. 그래도 삶은 계속된다는 건 놀랍고 아름다운 일이다.

모독冒瀆
—티베트 기행

햇빛과 먼지

드디어 라싸공항이었다.

"드디어……"

우리 일행이 티베트 땅에 첫발을 디디며 말이나 눈길로 주고받은 첫마디였다.

그다음에 우리가 다 같이 한 일은 부랴부랴 선글라스를 끼는 일이었다. 우선 눈부터 가려야 할 것 같았다. 아마 내가 거기서 벌거벗겨졌다고 해도 눈부터 가렸을 것이다. 그곳 햇빛은 그렇게 거침이 없었다. 라싸에 도착하기 전에 상해와 성도에서 하루씩을 보냈는데, 거기도 쨍쨍한 초여름 날씨였지만 선글라스는 쓰는 사람도 있었고 안 쓰는 사람도 있었다. 그때까지만 해도 그 꺼먼 안경은 실용성을 위해서라기보다는 멋내기용이었다. 티베트의 햇빛이 그렇게 싱싱하게 위협적인 건 아마 하늘 때문일 것이다.

풀솜을 펴놓은 듯 가볍게 둥실 뜬 구름과 대조를 이룬 하늘의 푸르름은 뭐랄까, 나의 기억 이전의 하늘이었다. 우리나라의 소위 경제성장이라는 게 있기 전, 우리나라를 방문하는 외국인이면 으레 당했을, 우리의 하늘 빛깔을 극찬해주길 바라며 퍼붓던 촌스러운 질문 공세를 우리는 아직도 기억하고 있다. 물론 그때의 하늘 빛깔까지도.

티베트의 하늘은 그때의 우리 하늘빛보다 더 깊게 푸르다. 인간의 입김이 서리기 전, 태초의 하늘빛이 저랬을까? 그러나 태초에도 티베트 땅이 이고 있는 하늘빛은 다른 곳의 하늘과 전혀 달랐을 것 같다. 햇빛을 보면 그걸 더욱 확연하게 느낄수가 있다. 바늘쌈을 풀어놓은 것처럼 대뜸 눈을 쏘는 날카로움에선 적의마저 느껴진다. 아마도 그건 산소가 희박한 공기층을 통과한 햇빛 특유의 마모되지 않은, 야성 그대로의 공격성일 것이다.

한 사람도 빠짐없이 선글라스를 끼고 붙어다니는 우리 일행은 영락없는 줄봉사의 행렬이다. 도착 제일성이 '드디어'라는 가슴 설레는 감동이었다고 해도, 티베트에 오고 싶어 벼르거나 준비를 오래한 것은 아니었다. 오히려 기회가 주어졌을 때 피하고 싶어 주춤거리지 않았나 싶다. 고산병과 극단적으로 엄혹한 자연환경에 대한 막연한 두려움 때문이었다. 몇 걸음 걸어보고 팔짝팔짝 뛰어보았다. 아무 일도 일어나지 않았다. 아주 심각한 얼굴로 숨을 깊이깊이 들이마셨다. 가슴속이 시린 듯 상쾌해졌다. 앞으로도 아무 일도 안 일어날 것 같았다. 우리 일행뿐 아니라 같은 비행기에서 내린 승객들이 모두 멀쩡했다. 공항에 내리자마자 고산병 증세로 몸을 지탱 못하고 쓰러지고, 쓰러지고 나서도 카메라는 안 놓고 열심히 하늘과 주변 풍경을 향해 셔터를 눌렀다는 어느 여행가의 이야기는 그럼 과장이었나?

여행사에선 고산병에 대비한 예방약을 이틀 전부터 우리에게 복용시키고 있었고, 산소통도 넉넉히 준비해두었노라고 했다. 그런 만반의 준비가 되레 우리를 불안하게 만들고 있었다. 농담삼아 누가 먼저 산소통을 끼고 드러누울까 내기 같은 걸 하고 있었는데 다행히 그럴 것 같지는 않았다.

현재의 티베트는 중국 영토다. 서장西藏 자치구의 주도主都 라싸拉薩의 표고는 삼천육백오십 미터, 티베트에서는 분지에 속하나 우리나라의 최고봉 백두산보다도 천 미터가량 높다.

내 생애에서 밟아보는 가장 높은 지대고, 앞으로의 일정을 보면 오천 미터대의 고원을 거쳐 네팔로 넘어가게 돼 있다.

공항에서 라싸 시내까지는 얄룽창포강을 끼고 구십삼 킬로미터, 우리 일행을 마중나온 차는 닛산 이십 인승 소형 버스. 차는 라싸 시내와는 반대 방향으로 역시 강을 끼고 한 시간가량 달렸다. 나루터가 나타났다. 강 건너에 있는 사미에사 원桑耶寺을 먼저 보고 라싸 시내로 들어가는 게 오늘 하루를 효율적으로 보내는 방법이라는 안내원의 의견에 따라서였다. 안내원 석부장은 티베트를 여러 번 다녀간 적이 있는 등산가고 불교에 대해서도 조예가 깊다.

얄룽창포강을 건너는 배 안에서 처음으로 티베트의 보통 사람들과 자연스럽게 섞이게 되어 기분이 좋았다. 모터로 움직이는 목선인데 떠나는 시간이 따로 정해져 있는 것 같지는 않았다. 사람을 가득 태우고 경운기 같은 농기구까지 빈틈없이 배 안을 채우고 나서야 출발을 했다. 해는 중천에 와 있었고, 티베트 특유의 걸러지지 않은 원시적인 햇빛이 수직으로 내리꽂히고 있었다. 성도에서 호텔을 출발한 시간이 새벽 다섯시 십오분, 간단한 아침을 싸주었는데 아무도 그걸 먹지 않았고 비행기 안에서 나오는 식사에도 손댄 사람이 없었다. 티베트에서 잘 먹잔 생각이 있었던 것도 아니면서 어떻게 그렇게 되고 말았다.

얄룽창포강은 생각보다 큰 강이었다. 대안의 나루터까지 흐름을 거슬러 사선으로 건너는 것 같았다. 게다가 배가 물속의 모래톱에 걸려 움직이지 않을 때가 잦아 누군가 물속으로 들어가 밀어내지 않으면 안 되었다. 더위를 견디기 위해 뱃전에 걸터앉아 발을 물에 담그는 사람도 생겨났지만 점점 심각해지는 허기증은 어째볼 도리가 없었다. 체질상 고프기도 잘하고 부르기도 잘하는 나는 뱃속이 무두질을 하는 것처럼 쓰렸다.

평범한 사람 중에도 난관에 봉착했을 때 그 진가를 발휘하는 사람이 있는 법이다. 옛사람들은 그런 사람을 '구인救人'이라고 해서 고해 바다 같은 인생에서 만나기를 소원해 마지않았고 그래서 토정비결 같은 데도 자주 등장시켜왔다. 마침 우리 가운데 그런 구인이 있었다. 우리 일행은 석부장 빼고 열 명이었는데, 이 여행을 주선한 시인 민병일, 소설가 김영현과 이경자, 그리고 나까지 네 사람이 문인이고, 나머지 여섯 명은 치과의사도 있고 사장님도 있고 은퇴한 노부부 등 다양했지만 그때까지 우리하곤 서먹한 사이였다. 실은 그 여섯 사람이 짜놓은 여행 계획에 우리가 나중에 빌붙어 맞춤한 인원을 만든 셈인데, 공항에서 첫 대면을 한 후 친숙해질 기회가 거의 없었다.

젊은 사장님이 배에 갖고 탄 버너와 라면이 우리를 기아선상에서 구해줬다. 뱃전에 넘실대는 얄룽창포 강물을 길어올려 끓인 라면 맛은 일품이었다. 그릇이라고는 코펠밖에 없었으므로 라면 봉지를 찢어 고깔처럼 만든 즉석 그릇도 사장님의 뛰어난 순발력이었다. 그러나 그 젊은 사장의 신세를 그 정도만 지고 말았다면 지금까지 그가 우리 뇌리에 구인으로 남아 있지는 못했을 것이다. 여행을 하다보면 서로 그 정도 신세를 지거나 폐를 끼치게 되는 건 보통이다. 그가 진짜 구인 노릇을 할 기회는 그보다 며칠 후에 기다리고 있었으니, 그건 그때 가서 말해야겠다.

선상 라면 파티에는 소주까지 나왔다. 술과 음식을 나눈다는 것은 우리끼리뿐 아니라 같은 배를 탄 티베트 사람들과도 단박 마음을 트고 친해질 수 있는 계기가 되었다. 내 곁에는 선하고 친절하고 호기심이 많아 보이는 중년 남자가 앉아 있었는데 코끝이 빨간 게 필경 술꾼이지 싶었다. 그가 벌써부터 홀짝홀짝 마시고 있는 것도 술 같은데 내가 마시는 소주를 바라보는 눈빛이 여간 간절한 게 아니었다. 할 수 없이 한잔 권했더니 너무도 반색을 하면서 그들의 술을 권했다. 우리의 막걸리보다 약간 흐리지만 맛은 막걸리 맛과 비슷한 순한 술이었다. 그는 자꾸자꾸 그의 술과 우리 소주를 바꿔 먹고 싶어했고, 라면도 맛보고 싶어했다. 그의 가족인 듯싶은 너덧 살가량의 남자아이에게 초콜릿을 한 갑 쥐여주면서 거래를 그만두려 해도 그 사람 좋아 보이는 남자는 술에는 좀 츱츱한 편이었다. 그러나 아이는 그런 과자가 처음인 듯 줄 때도 반기는 기색이 없더니 녹아서 손에 묻어날 때까지 쥐고만 있지 입에 넣으려 들지 않았다.

신혼부부도 타고 있었다. 우리 쪽에서 누군가 신부에게 티베트에 아직도 일처다부제가 남아 있나 알고 싶어하면서 그녀도 신랑의 형제를 복수의 남편으로 가질 수 있는지 물어보았다. 신부는 남편이 외아들이니 그럴 수 있을 것 같진 않다고 했다. 그런 신부의 태도는 자국의 문화나 풍습에 대해 어떤 열등감이나 우월감도 없이 담담했다. 대체적으로 이 근방의 농촌 사람들로 보이는 이들은 부자랄 것도 없지만 부족한 것 없이 사는 사람들인 것 같았다. 느긋하고 근심 없고 충족된 표정으로 잘 웃었다. 수양이나 투쟁으로 얻은 것이 아닌 천성적인 자유스러움이 보기에 참 좋았다.

더 신기하고 반가운 것은 우리보다 더 우리나라 사람같이 생긴 거였다. 그들은, 생활이 편해지고 음식이 서구화되면서 우리도 모르게 용모와 체형이 변하기 전의 조선 사람하고 신기할 정도로 똑같았다. 다른 나라에 왔다기보다는 시간을 반 세기쯤 거슬러올라온 느낌이 들었다. 술과 음식에 의해 서로를 받아들이고, 나아가 서로 간의 마음을 다정함으로 채우려드는 것까지 닮아 있었다. 얄룽창포강을 건너는 데 장장 세 시간이 걸렸지만 그 사람들과 친해지고 나서는 지루한 줄 몰랐다.

강 건너에 도착해 트럭으로 갈아타고 삼십 분쯤 시골길을 가니 사미에사원이 나타났다. 티베트불교는 당나라의 문성 공주에 의해 중국으로부터 전래된 후 이 나라의 국교가 되어 독특한 융성의 시기를 맞는데, 그때 직접 인도로부터 고승들을 불러들여 경전 연구와 번역에 힘쓰고, 사찰의 조성도 성행했다고 한다. 사미에사원은 인도에서 직접 전래된 최초의 불교 사원이라고 하나, 우리에게는 티베트에서의 처음 절이라는 걸로 더 의미가 있을 듯했다. 사미에사원도 그후 우리가 수없이 보게 된 라마사원과 마찬가지로 우리가 절에 대해 가지고 있는 통념과는 동떨어진 이질감으로 우리를 압도했다.

우리 절은 명찰일수록 명산 중에서도 산 정기가 응집된 산의 숨구멍 같은 자리에 자리잡고 있게 마련이다. 명찰이 아니더라도 단아하고 조촐한 석탑과 싸리 빗자루 자국이 정렬한 뜰과, 주변 산천의 수목과 향불 냄새가 어우러진 그윽한 향기와 허심한 목탁 소리는 찾는 이로 하여금 저절로 옷깃을 여미게 하며, 속세의 욕망이 부끄러이 숨죽이는 깊고도 쓸쓸한 정적의 순간을 응시하게끔 만든다. 이렇듯 절이란 무상무념無想無念, 무소유無所有 등 '무無'의 기품이 숨쉬는 장소라는 게, 비단 불교도뿐 아니라 대부분의 우리 민족의 심성에 새겨진 절의 인상이다.

티베트의 절은 참배객이 바치는 게 향이나 초가 아니라 버터기름이라서 그런지 우리의 절과는 공기부터가 다르다. 그 냄새는 강렬하고 누릿한 게 동물을 태우는 냄새에 가깝고, 그을음이 많이 나서 목이 아리게 공기가 탁하다. 참배객들은 손에 손에 마니차(불교 경전이 들어 있거나 새겨진 작은 원통으로 이것을 돌리면 불교 경전을 읽는 것과 같으며 해탈을 얻는다고 함)와 버터기름을 들고 있을뿐더러 돈도 여기저기 아낌없이 바친다. 그들이 바친 기름은 커다란 양동이 같은 그릇에 합쳐진다. 그 안에 수많은 심지를 꽂아놓고 온종일 태우기 때문에 녹아내린 기름으로 바닥도 신바닥이 눌어붙을 것처럼 끈적끈적한 더께가 앉아 있다. 그 바닥 위를 참배객들은 벌레처럼 몸을 극도로 낮추는 오체투지五體投地로 참배를 한다. 절이 보이는 지점으로부터 오체투지로 절까지 오는 사람도 드물지 않다.

그 겸손하고 선한 순례자들에 비해 부처님들은 너무도 장식적이고 힘이 넘친다. 입술이 붉고 온몸에 정력이 넘치는 금빛 찬란한 부처님들은 터키석을 비롯한 온갖 아름다운 보석으로 관이나 대좌나 기물 들을 장식하고 있고, 여기저기 늘어진 휘장이나 칸막이도 울긋불긋 화려한 비단 천이다. 그러나 그 을음 때문에 때가 타 보이고, 사람들의 손이 잘 닿는 곳은 새까맣고 반들반들하기가 고약을 발라놓은 것 같다. 인간의 욕망을 적나라하게 표출해놓은 것은 부처님의 표정뿐만이 아니다. 뒤통수만 보이는 부처가 있기에 왜 돌아앉았나 했더니, 부처 위에 부처가 올라앉아 즐거움을 나누는 남녀 합환상合歡像이었다.

사미에사원은 평화롭지만 황량한 주위 환경에 비해 그 규모가 크고 어디서 모여든 사람들인지 참배객들이 발 들여놓을 틈 없이 꽉 차 있는 게 인상적이었다. 절 밖의 너른 마당에서는 참배를 마친 사람들이 둘러앉아 차를 마시기도 하고 담소를 즐기기도 하는 게 마치 시골 장터에서 오랜만에 만난 인근 마을 사람들이 회포를 푸는 것처럼 정겨워 보였다. 사람들 수와 거의 맞먹게 많은 개들이 여기저기서 낮잠을 즐기기도 하고 어슬렁거리기도 하는 게 한 번도 짖어본 적이 없을 것처럼 순해 보였다.

하나같이 무욕하고 겸손하고 착해 보이기만 하는 이곳 사람들을 바라보며 문득 혼란스러워졌다. 부처와 인간, 성聖과

속(俗)이 헷갈렸다. 내가 보기에는 있는 그대로의 저 사람들이 바로 부처로 보이고 절 안의 부처가 훨씬 더 인간적으로 보였기 때문이다. 저들이 부처에게 그리도 열렬하게 그리도 겸손하게 갈구하는 건 무엇일까? 우리가 인간적인 욕망을 초극하려고 몸부림치듯이 저들은 저절로 주어진 성자 같은 조건을 돌파하려고 몸부림치는 게 아닐까 하고.

다시 얄룽창포강을 건너는 데는 한 시간밖에 걸리지 않았다. 강을 건너 다시 공항에서 라싸로 통하는 길로 접어든다. 옆으로는 줄창 강을 끼고 있고, 꽤 넓은 평야도 나타나고, 그 평야에는 마을이 간간이 보이고, 경작해놓은 밭에서는 푸릇푸릇 작물이 자라고 있고 실개천도 흐르고 있다. 이렇게 말하면 우리의 농촌과 별로 다르지 않은 것처럼 들리겠지만 전혀 아니다. 산 때문이다. 어디서나 첩첩이 둘러싼 산이 보이는데 푸르른 거라곤 풀 한 포기 안 보이는 갈색의 산들이 그렇게 그로테스크해 보일 수가 없다. 생전 처음 보는 산의 원형이다. 우리나라도 거의 산지로 돼 있고, 한때는 남벌로 산이 헐벗은 적도 있었지만, 풀이 자라고 나무뿌리나 등걸이라도 남아 있었다. 그래서 우리는 아무도 산의 원형을 본 적이 없다. 식물한계선을 넘은 높이에 있는 이곳 산은 눈을 이고 있지 않으면 실오라기 하나 안 걸친 맨몸이다. 바위도 없이 갈색 흙으로 된 산들이 우기雨期에 팬 자국을 주름처럼, 거대한 발가락처럼, 사타구니처럼 드러내고 대책 없이 서 있는 꼴은 황량과 파렴 치의 극치이다. 그 낯선 풍경에는 이국적이라는 말도 그 감미 로운 울림 때문에 해당이 안 된다. 딴 나라를 여행하고 있는 게 아니라 딴 천체를 여행하고 있는 것처럼 아득하고 공포스 러운 외로움에 사로잡히게 된다.

우리의 눈앞에서 별안간 거대한 흙바람이 일어났다. 천지 를 자욱하게 만드는 엄청난 바람이었다. 나뭇잎이나 휴지조각 등 불순물이라고는 아무것도 안 섞인, 흙이라기보다는 자욱한 먼지의 소용돌이가 시야를 위협적으로 가로막는다. 문득 태초 의 혼돈이 바로 저런 것이 아니었을까 싶어진다. 혼돈의 입자 를 안개나 연기처럼 상상하곤 했었는데 먼지였을 것 같다. 먼 지란 흙에 다름 아니고, 흙이 모든 생명의 근원일진대 생명 이 전에 혼돈이 있었다는 게 납득이 된다. 흙바람을 통해서 어렴 풋이 산의 원형이 드러나기 시작하는 것도 창조의 시초를 보 는 것 같다. 그러나 한편 너무도 황량하고 쓸쓸하여 시초가 아 니라 종말의 풍경이 아닌가 싶기도 하다. 지구가 마침내 생명 을 품을 수 없을 만큼 지치고 노쇠하면 저런 모양으로 먼지로 풍화해버릴 것도 같다. 종말인 듯 시초인 듯, 이 이상한 나라 에서는 종말과 시초가 맞닿아 있는지도 모르겠다. 꼬리에 꼬리를 물고 순환하는 억겁의 시간 속에서 존재가 풍화 직전의 먼지보다 하찮게 여겨진다.

라싸 교외에서 거대한 마애불을 보았다. 공항에서 라싸로 가는 길 왼편에 있는 평지에 우뚝 솟은 벼랑에 새겨진 마애불은, 몸체는 황금빛으로, 왼쪽 어깨만 걸친 가사는 주황색으로, 들고 있는 바리는 남색으로 채색된 거였는데, 그 빛깔이 방금 칠해놓은 것처럼 선연했다. 몇백 년 전 건립 당시의 칠을 한 번도 덧칠한 일이 없다고, 안내인은 티베트 염료의 우수함을 자랑했다. 지나가던 티베트 사람들은 진언真言 '옴마니반메홈'과 채색 마애불이 새겨진 바위를 향해 합장도 하고 오체투지도 하고, 우리는 거기서 잠깐 쉬면서 사진을 찍었다.

모래바람이 걷히면서 멀리 라싸 시내의 모습이 신기루처럼 나타났다. 차들의 왕래에는 아랑곳없이 오체투지로 포장도로를 가고 있는 순례자들의 모습이 조금씩 불어나고 있었다. 지방에 사는 티베트 사람들은 라싸의 조캉사원大昭寺과 포탈라궁을 일생에 한 번 참배하는 게 소원이라고 한다. 걸어서 순례길에 나선 순례자들은 멀리 포탈라궁의 아름다운 금박 지붕이 보이면 거기서부터 오체투지를 시작해 라싸에 이른다. 우리 상식으로는 걸어서 거기까지 오는 데 며칠, 몇십 일이 걸렸으면, 목적지가 바라보인다 싶으면 힘이 나서 뛰든지 조급한 마음에 차라도 얻어 타고 싶으련만 온몸을 던져서 땅을 기는 오체투지라니, 시간관념의 차이일까, 목적과 과정에 대한 가치관의 차이일까.

숙소인 홀리데이인의 저녁식사는 뷔페식이었다. 여행사 측에서 마련한 김치가 나왔다. 출국할 때 김포공항에서 샀다고 한다. 여행중엔 그 나라 음식과 친해지는 것도 중요한 관광이라고 생각지만 지치고 배고픈 끝이라 반가웠다. 그러나 외국에서 김치 냄새는 암만해도 주위의 눈치를 살피게 된다. 웨이트리스 아가씨에게 부드럽게 웃어 보이는 걸로 미안한 마음을 대신하려고 했는데, 아가씨 쪽에서 먼저 "뷰티풀, 뷰티풀!" 하면서 감탄을 했다. 김치의 미적 가치까지는 생각해본 적이 없기 때문에 뜻밖의 찬사였다. 아마 김치 빛깔이 그들이 좋아하는 '라마 레드'하고 유사해서 그런 친근감을 느낀 게 아니었을까. 우리도 티베트 아가씨의 상냥한 마음씨에 친근감을 느꼈다. 그날 저녁 더욱 행복했던 것은 아직은 낯설고 뜨악하기만 한 티베트 음식 가운데서 콩나물무침을 발견한 것이었다. 모양뿐 아니라 맛도 맛깔스럽게 무친 우리의 콩나물하고 어쩌면 그렇게 똑같은지. 식문화에서 동질성을 발견한 것은 세상에서 제일 이상한 나라에 온 것 같은 이질감을 해소하는 데 많은 도움이 되었다.

불가사의

포탈라궁은 라싸 시내 어느 곳에서나 볼 수 있는 비할 데 없이 장려壯麗한 궁전이다. 그 안엔 천 개가 넘는 방이 있다고도 하고 구백구십구 개의 방이 있다고도 한다. 천보다 구백구십구가 발음하기가 복잡해서 그런지 수적으로 더 많다는 느낌을 준다. 제일 높은 건물이 십삼층이나 되고 높낮이와 빛깔이 다른 건물이 아름답고 조화롭게 배치돼 있다. 흰 궁전을 백궁, 붉은 궁전을 홍궁이라고 부르고 지붕은 금빛 찬란하다. 그렇게 어마어마하게 큰 궁전이 시내를 굽어볼 수 있는 언덕 위에 있으니, 궁전이라기보다는 난공불락의 요새를 방불케 한다.

티베트 사람들의 사는 형편이나 거의 몸에 지닌 것 없이 단벌옷으로 먼 순례길에 나선 순례자의 모습으로 미루어 짐작건대 이 지구상에서 가장 단순 소박한 생활방식이 몸에 밴 민족 같은데, 어떻게 저런 궁전을 지을 엄두를 냈을까. 그들이 그렇게 사는 건 청빈을 취미로 타고난 특별히 고상한 민족이라서가 아니라 불모의 땅과 가혹한 기후 조건하에서의 최선의 생존 방식이었다고 생각할 때 더욱이 호화를 극한 궁전은 납득이 잘 안 된다.

내부에 발을 들여놓으면 그런 의문을 곱씹을 새도 없이 그

현란함에 질리고 만다. 실내가 어둑한 게 오히려 다행이다 싶게 금은보석으로 칠갑을 한 석가모니 부처님과 역대 달라이라마의 불상과 영탑, 현란한 극채색 벽화, 면이나 비단에 그리거나 수놓은 만다라, 우아하고 신비한 생활상, 아름다운 기둥과 문 등이 무진장 계속되니까 나중엔 좀 멀미가 날 것 같아진다. 순례길이 꼬불꼬불 복잡하고 어둑한 계단이 많은 것도 쉬 피곤해지는 원인인 것 같다. 그러나 어느 틈에 옥상에 이르러 한눈에 들어온 라싸 시내를 조감하는 맛은 상쾌하고도 감개가 무량하다.

가장 검소한 민족이 가장 화려한 궁전을 가졌다는 걸 어떻게 생각해야 할까? 절대 권력자에 의한 무자비한 착취의 산물이라는 안이하고 상투적인 생각은 어쩐지 이 신심 깊은 민족에겐 안 맞을 것 같다. 인간에게서 종교적인 열정처럼 불가사의한 심연도 없지 않을까. 이건 궁전이 아니다. 이곳 또한 사원이 아닐까. 왜냐하면 달라이 라마는 티베트 민족에게 정치적인 왕이 아니라 부처의 환생이라고 믿어지는 법왕이니까.

또한 이곳은 티베트 민족의 종교와 역사와 문화와 기술이 총집결된 박물관이기도 하다. 그들이 민족적인 열정을 바쳐 증거한 그들 문화의 독창성과 우수성이 있었기에 중국에 의해 주권을 빼앗기고 달라이 라마가 망명한 지 사십 년이나 되는 오늘날까지도 우리는 티베트를 중국의 서장西藏이라고 생각하려 들지 않는다. 여기로 떠나오면서 나는 사람들에게 티베트 간다고 으스댔지 중국 간다고 하지 않았다. 사람들 또한 거긴 여행하기 힘든 나라라고 하던데, 하면서 주권국가 취급을 했다. 높고 독특한 정신문화는 강력한 군사력 이상으로 정복하기 힘들다는 본보기처럼 티베트는 고독하고 의연하게 여기 존재하고 있다.

포탈라궁이 지어진 것은 17세기 중엽 티베트를 통일하고 정치와 종교의 양대 권력을 장악한 달라이 라마 5세에 의해서라고 한다. 머나먼 순례길을 오체투지로 걸어와 중요한 영양 공급원인 버터기름과 꼬깃꼬깃한 지폐를 아낌없이 바치는 이 나라 사람들의 종교적 열정을 보면 알 수 있듯이, 한창 불교 문화가 꽃피고 국위가 고양됐을 때 그들이 무엇을 아꼈겠는가. 노역을 바치는 데도 자발적이고 열정적이었을 것이다.

티베트불교에 큰 영향을 받은 몽고를 비롯한 주변 국가로부터 기꺼이 재물이 바쳐졌을 가능성도 추측할 수 있다. 포탈라궁 벽화엔 뱃길로 석재와 목재가 실려 들어오는 여러 가지 활기찬 장면들이 재현돼 있다. 포탈라궁은 얄룽창포강 지류를 낀 암벽 위에 있다. 국토의 대부분이 식물한계선보다 높아 목재가 귀한 이 나라에서 어떻게 목재를 철근 삼아 이 거대한 궁전을 건립할 수 있었을까, 하는 의문의 해답도 수상 교통의 편리에서 찾아야 할 것 같다. 포탈라궁은 철근이 하나도 안 들어가고 돌과 나무만 가지고 지은 고층 건물인데 삼백여 년 동안 끄떡없이 유지되는 걸로도 세계적인 불가사의에 들어간다는 게 안내원 석부장의 설명이다. 티베트의 얼마 안 되는 삼림지대와 부탄 등 주변 국가에서 나는 주니퍼 나무(측백나무의 일종)가 그렇게 단단하다고 한다.

옥상에서 한숨 돌리고 나서 달라이 라마의 거실을 보는 기분은 착잡하다. 상식적으로 박물관이란 선인들의 문화유산이나 예술품이 보관돼 있는 곳인데 이 거실은 현재 인도에 망명해 있는 달라이 라마 14세의 방이다. 그러면 포탈라궁은 사원도 박물관도 아닌 빈집인가? 남아 있는 그의 침실, 거실, 접견실, 종교 용품, 생활용품 등도 더도 말고 덜도 말고 포탈라궁의 다른 방과 마찬가지로 호화찬란하고 원색적이다. 그럼에도 불구하고 빈집, 빈방의 쓸쓸함을 읽어내고 싶은 건 이방 나그네의 부질없는 감상인가?

귀로에 길고 가파른 돌계단을 걸어내려올 때는 몰랐는데 사진을 찍기 위해 다시 몇 계단을 올라가려니까 다리가 떨리면서 골치가 띵해지더니 느글느글 토할 것 같아졌다. 궁 안에서도 때때로 그런 멀미 기가 왔었기 때문에 하도 복잡하고 현란한 걸 많이 봐서 그러려니 했다. 그러나 안내인은 그게 고산병 증세니 오르막길에서는 절대로 서둘지 말고 한 계단을 오를 때마다 숨을 깊이 쉬면서 천천히 걸으라고 했다. 이 나라의 평균 표고가 사천오백 미터인 걸 감안하면 라싸는 분지에 속하는데도 이러니 앞날이 걱정이었다.

아직 산소통을 낄 지경에 이른 사람은 안 생겨났지만 다들 물은 열심히 마시고 있었다. 우리 버스 안에 가장 많은 자리를 차지하고 있는 게 물통이었다. 평상시보다 많은 물을 마시는 게 가벼운 고산병에는 최선의 예방책이라는 소리를 듣고부터 우리는 물에서 산소를 취하는 어류처럼 온종일 물을 마셔댔다. 사람은 호흡을 할 때마다 수분을 배출하게 되는데, 기후가 건조한 티베트에서는 빨래가 잘 마르듯이 그 양도 많아지는 모양이다. 따라서 혈액의 농도가 짙어지게 되고 그게 심장에 부담을 주는 게 고산병 증세라고 한다. 그러나 많은 물로 체액이 묽어져 침까지 짐짐하고 싱거워진 기분도 결코 좋은 건 아니었다.

다음은 티베트불교의 총본산이며 티베트 최대의 사찰이자 이 민족의 정신적 구심점인 조캉사원.

이 절은 7세기경 티베트를 최초로 통일한 토번 왕국吐蕃王國의 손챈감포왕이 왕비 문성 공주가 당나라로부터 가져온 석가모니불을 모시기 위해 창건했다고도 하고, 왕의 사후 공주가 선왕을 기려 창건했다고도 전해지는 절이다. 문성 공주는 당나라 현종의 딸로 멀리 토번국까지 시집온 걸 보면 그때 토번국의 강력한 국력을 짐작하게 한다. 티베트가 세계 역사상 처음 등장하는 것도 아마 손챈감포왕 때부터일 것이다. 문성 공주가 당나라에서 가져왔다고 전해지는 석가모니불이 조캉사원의 본존불이고 티베트 사람들의 열렬한 신앙의 대상이다. 그러니까 티베트불교는 인도로부터 전해지기 전에 당나라에서 전해진 것이다. 그래서 사미에사원과 조캉사원의 창립 연도도 1세기쯤 차이가 난다.

조캉사원의 규모는 엄청나다. 티베트 달력으로 불교의 축제 기간이라고는 하나 절의 안팎이 온통 인산인해이고 어쩌다가 볼 수 있었던 오체투지가 절 경내에선 거의 보편적인 보행 방법이다. '옴마니반메훔'을 끊임없이 중얼거리며 절을 담처럼 에워싼 마니차를 돌리며 한 바퀴 돌기도 하고, 오체투지로 한 바퀴 돌기도 한다. 너른 마당을 지나 절의 정문으로 들어서면 다시 돌을 깐 중간 마당이 나오고 붉은 가사를 걸친 라마승들이 마당 가득 앉아서 독경을 하고 있다. 높은 자리에 앉은 승이 고승 같아 보이나 설법을 하는 것 같진 않다. 독경을 하는 승려들도 자기들끼리 사담도 주고받고 관광객을 보고 웃기도 한다. 엄숙하거나 강제성이 있어 보이지 않는다. 계율에 짓눌리지 않는 산만한 모습이 속인들의 열광적인 신앙과 묘한 대조를 이룬다.

절은 널따란 중간 마당을 둘러싼 'ㅁ'자 구조로 돼 있다. 중간 마당의 빈자리를 비롯해 중간 마당을 에워싼 여러 채의 불당마다 오체투지로 부처를 경배하고 소원을 비는 선남선녀들로 발 디딜 틈도 없다. 그들이 뿜어내는 신앙의 열기, 여기저기 엄청나게 큰 그릇에서 타는 버터기름의 냄새와 그을음으로 숨이 답답하고 목구멍이 갈라질 듯 아려온다. 바닥은 기름때로 더께가 앉아 콜타르를 칠해놓은 것 같다.

부처님의 계보에 정통하지 않고는 누가 누군지 구별이 안 되는 많은 부처들 중에는 이 나라 불교를 중흥시킨 총카파와 그를 이은 역대 달라이 라마의 불상들이 노란 모자를 쓰고 안치돼 있다. 퇴폐로 기우는 티베트불교를 개혁한 총카파가 노란 모자를 쓰고부터 그 파를 황모파黃帽派라고 하는데, 그 세력이 역대 달라이 라마를 통해 이어져오고 있는 티베트불교의 가장 큰 종파라고 한다.

여기 있는 부처들은 사미에사원의 부처들보다 더 장식이 사치스럽고 표정이 화려하다. 입술은 붉고 눈빛은 정열적으로 번들대고 볼은 육감적이다. 전체적으로 힘이 넘친다. 이 안이

이토록 숨막히는 것은 버터기름과 신도들의 열렬한 신심 때문만이 아니라 불상들이 내뿜는 강렬한 에네르기 때문이라는 생각이 들 지경이다. 불상의 호화찬란함이 극에 달한 게 이 절의 본존불인 석가모니불이다. 문성 공주가 당나라에서 가져왔다는 불상인데 금빛 찬란한 얼굴만 빼고는 터키석, 마노, 비취, 청옥, 홍옥 등으로 정교하고도 장중하게 장식돼 있다. 티베트 불교의 신심뿐 아니라 공예미술의 정수를 거기 총집결해놓은 것 같다.

그러나 화려한 비단이나 면으로 된 천들은 부처님이 걸치고 있는 의상이건, 휘장이나 칸막이건, 만다라건, 장식을 위한 수예품이건 간에 더럽게 그을고 손이 닿은 곳은 두껍고 반들반들하게 때가 끼어 있다. 천몇백 년 전 것이라고는 믿어지지 않는 본존불의 찬란함과 대조적이다. 오직 때만이 세월을 느끼게 해준다고나 할까.

호기심 많은 이경자는 여기서 티베트 사람들이 하는 대로 하얀 명주 스카프를 사서 부처님께 바치고 오체투지를 어찌나 유연하고 성의 있게 하는지 우리 모두 놀라고 신기해했다. 그는 아마 우리가 아무 탈 없이 이 험난한 여행을 끝마칠 수 있기를 빌어주었을 것이다. 어딜 가든 방문객은 그 주인 마음에 들어야 신상이 편해지듯이 우리도 이 땅에서는 이 땅의 실질적인 권력자 마음에 들려고 노력하는 게 순서일 듯싶었다.

조캉사원의 벽화 중 특히 인상적이었던 것은 후덕하고 치장이 화려한 부처님과, 광배나 법륜 그리고 연꽃, 구름 등 부처님과 잘 어울리는 배경 안에 전체적인 구도나 조화와는 상관없이 그려넣은 부처님의 눈이었다. 같은 모양의 불안佛眼은 티베트나 네팔의 불탑에서 흔히 보는 거였지만, 거기 공중에 뜬 것처럼 그려넣은 두 눈은 쏘는 듯 생생하면서도 구도상으로나 색채에 있어서나 왜 그게 거기 있어야 되는지 납득이 안되게 튀었다. 티베트인 안내인의 설명인즉 그건 처음부터 그려넣은 게 아니라 돌연 거기에 저절로 나타난 거라고 했다. 상당한 고등교육을 받은 것으로 보이는 그녀에게 당신도 그걸 그대로 믿느냐고 물어보았더니 물론 믿는다는 대답이었다. 그녀가 그렇게 대답했을 때 우리의 표정에 약간의 경멸이 스치지 않았었나 싶다. 입장을 바꾸어 생각해보니 기적이나 신비화 경향은 어느 종교에나 있게 마련인데 그렇게 드러내놓고 딱하다는 표정을 지을 건 뭐였을까, 뒤늦게 후회가 되었다.

조캉사원 마당에 있는 오래된 우물은 그 사각형의 돌장식이 고풍스럽고도 아름다웠다. 뿐만 아니라 아직도 사용할 수 있는 우물이었다.

조캉사원 밖은 라싸 시내 제일의 번화가여서 발길을 옮길 수가 없을 정도로 많은 사람들이 붐비고 있었다. 이곳 사람들의 생활용품 및 토산품, 장신구, 불구 등을 팔고 있어서 관광객으로서는 놓치기 아까운 시장통이었다. 그러나 주로 관광객을 상대로 구걸하는 어린이와 애를 업거나 안은 부녀자들 때문에 발길을 제대로 옮길 수도 없었다. 하도 집요하게 따라붙는 아이가 있기에 떼어버리려고 오원짜리 한 장을 주었더니 그게 잘못이었다. 수많은 아이들, 어른들이 에워싸서 오도 가도 못하게 만들었다. 오원씩이나 주는 게 아니라고 했다. 악몽 같은 순간이었다. 끈질기게 구걸하는 그들 또한 숨길 수 없는 티베트의 또하나의 얼굴이었다.

달라이 라마의 여름 궁전(노블링카)에 갔을 때는 일행이 다 지쳐빠져서 쉴 자리만 보였다. 지금은 시민공원으로 쓰는 그 안에는 동물원도 있다고 들었으나 그보다는 오랜만에 보는 나무 그늘이 반가웠다. 그 안에 배치된 건물은 외양이 단조롭고 소박해 보였지만 휴식 공간으로 꾸며진 넓고 푸른 숲은 갈색의 산에 익숙해진 눈에 그 어느 곳보다도 사치스러워 보였다.

시인의 절창絶唱

라싸를 떠나면서 나도 모르게 돌아보고 또 돌아보게 되었다. 내 생전에 다시 올 것 같지 않아서였을까. 그러나 만약 이 도시에 로마의 트레비 분수 같은 게 있다고 해도 동전을 뒤로 던지는 짓 따위는 안 했을 것이다. 충격적인 도시였지만 또다시 올 엄두가 나지는 않았다. 장려한 포탈라궁의 지붕이 신비하게 빛나고 있었다. 포탈라궁이 경이로웠던 까닭은 그 특이한 미와 어마어마한 규모와 신비한 축조술 때문만이 아니라, 기껏 유목민의 후예거니 은근히 얕잡았던 티베트 민족을 대단한 문화민족으로 격상시키지 않을 수 없게 된 충격 때문이 아니었을까.

라싸에서 장채로 가는 길은 점차 고도가 높아지면서 광막한 들과 아무것도 자라지 않는 갈색 산이 파고처럼 이어질 뿐이었다. 중학교 때던가 초등학교 때던가, 지리 시간에 중국땅을 그리면서 티베트고원이란 데는 덮어놓고 암갈색으로 뭉개놓던 생각이 났다. 해안선을 따라 평야는 녹색, 강은 하늘색, 산지는 갈색으로 칠하곤 했는데 세계의 지붕이라는 티베트고원은 왠지 갈색만 가지고는 성이 차지 않아 암갈색으로 칠하곤 했었다. 뭘 알고 칠한 게 아닌데 그때 칠한 크레용 색과 너무도 닮아 있어 슬며시 웃음이 났다.

버스가 가고 있는 길은 우리나라로 치면 국도에 해당하는 길일 듯한 포장도로다. 포장도로 양편에 늘어선 전봇대가 재미있다. 벽돌을 위로 갈수록 좁혀가며 쌓아올린 전봇대는 경주의 첨성대를 홀쭉하게 만든 것 같은 모양을 하고 있어 친근감이 느껴진다. 나무가 얼마나 귀했으면 전봇대 하나하나에 저런 공을 들였을까 싶기도 하지만, 꼭 나무가 귀해서 흙벽돌 전봇대를 만든 건 아닐지도 모르겠다. 평야라기보다는 원야原野라고 할 밖에 없는 창조될 당시의 땅 모습 그대로의 들판에서 튀지 않고 잘 어울리려면 그 밖에 딴 도리가 없었을 것 같다. 외부 세계의 어떤 문명도 이 거대한 원시에 들어오려면 최소한 저 전봇대만큼이라도 겸손한 위장을 해야 하지 않을까.

길 반대편에는 시멘트 전봇대가 생기기 전의 우리나라 전봇대와 같은 통나무 전봇대가 서 있다. 근래에 근대화된 거라고 한다. 중국의 통치하에 들었으니까 그 근방에서 나는 것만 가지고 살지 않아도 되는 모양이다. 그러나 라싸에서 멀어져 농촌으로 갈수록 사는 모습은 목축과 농업을 겸한 완전한 순환과 자급자족 형태다. 그들이 걸치고 있는 건 양복이건 야크털로 짠 치마 모양의 거친 모직이건 일 년 내내 안 갈아입은 것처럼 충분히 더럼이 타 있다.

우리가 여행하는 동안은 5월 말에서 6월 초에 걸쳐서였는데 기온이 낮에는 쾌적하다가도 밤에는 뚝 떨어져 꽤 추웠다. 호텔에도 난방시설이 돼 있지 않아 밤에 오들오들 떨다가 스웨터에다 양말까지 껴 신고서야 잠이 든 적도 있다. 그러나 이비할 데 없이 광활하고 거친 땅 창탕羌塘고원에도 봄은 오고 있었다. 물 흐르는 시내가 있고 야크가 쟁기질을 하고 있는 경작지가 나오면 어김없이 마을이 보인다. 농가는 벽을 희게 칠한 단층이고 지붕도 경사가 없는 평면이다. 창이나 지붕을 두른 테는 검정이나 붉은색, 청색 등으로 칠하고 꽃무늬나 장식 문자 같은 것으로 모양을 낸 집도 적지 않다. 워낙 모양내기를 좋아하는 사람들이다. 모양내는 데는 남녀와 노소에 별 차이가 없다. 구걸하는 아이나 아이 엄마도 터키석 귀걸이나 목걸이를 주렁주렁 걸고 있다. 심지어 벌거벗은 아이도 팔찌는 하고 있다. 거친 모직으로 된 전통의상을 입고 긴 머리를 기다랗고 탐스러운 붉은 술로 장식한 남자들은 수탉처럼 당당하고 멋있다.

들에서 밭을 가는 야크들까지 잔뜩 멋을 부리고 있다. 머리나 목에다가 붉은 술이나 헝겊으로 화려한 장식을 하고 일하는 야크를 보고 있으면 그들이 티베트 농촌에서 얼마나 중용重用되는 가축인지 짐작이 된다. 야크는 황소보다 몸집이 크고 순하고 힘이 세나 티베트 민족처럼 산소가 희박한 기후에 적응이 잘 되어 오히려 평지에서는 살지 못한다고 한다. 살생을 잘 안 하기로 알려진 티베트 사람들도 야크 고기는 먹는다. 피까지 다 먹는다고 한다. 생으로도 먹고 주로 말려서 먹는다. 오장육부도 식용으로 쓰이고 그 밖의 쓸모로도 버릴 것이 하나도 없어 털은 모직물이 되고 뼈는 공예품을 만드는 데 쓴다. 목걸이, 팔찌, 그릇, 부처, 안 만드는 게 없다. 겉으로 본 질감은 목공예품하고 비슷하다. 뭘로 만들었나 이리저리 만져보면 주인은 영락없이 "야아크 보온, 야아크 보온" 하고 소리친다. 나무 제품으로 알면 큰일날 것처럼 자랑스러운 목소리다. 꼬랑지까지 먼지떨이로 유용하게 쓴다고 한다.

그러나 무엇보다도 여행객이 보기에 가장 신기한 것은 야크 똥의 쓸모이다. 야크 똥은 취사용뿐 아니라 거의 유일한 월동 연료라고 한다. 마을마다 벽에다 야크 똥을 붙이고 있지 않은 집이 없다. 빛깔과 모양이 우리의 재래식 메주하고 똑같다. 꼭 메줏덩이만하게 뭉친 야크 똥을 말리기 위해 흰 벽 위에다 빈틈없이 붙여놓고 있다. 세상에, 야크는 똥도 많이 눈다 싶게, 집이 크고 담장이 긴 집일수록 붙여놓은 똥덩어리의 수효는 어마어마하다. 이미 건조가 다 돼 추녀끝에 쟁여놓은 것까지 합치면 수백 개가 아니라 수천 개도 될 것 같다.

나는 단독주택에 살 때 해마다 이삼천 장씩 들이던 연탄의
부피로 미루어 똥덩이의 수효를 헤아리려 든다. 연탄을 때본
사람은 야크 똥 연료를 야만적이라고 여겨서는 안 된다. 구들
밑으로 살인 가스를 통하게 하는 게 훨씬 더 야만적이다. 가까
이 가서 맡아보아도 불쾌한 냄새 같은 건 전혀 안 난다. 겉으
로 보기에도 야크 똥을 붙이고 있는 집은 그런대로 보기 좋다.
더군다나 메주의 추억이 있는 우리에겐 정겹기조차 하다.

만약 야크가 없다면 이곳 사람들은 어떻게 혹독한 겨울을
날 수 있을까. 상상이 안 된다. 사람이 야크를 치는 게 아니라
사람이 야크한테 기생한다고 하는 게 옳을 듯하다. 자신들이
살기 위해 야크를 위하고 먹을 것을 바치는 건 당연하다. 그럼
야크는 뭘 먹고 사나. 산기슭에 우두커니 서 있는 야크를 보면
우수에 차 있는 게 인간보다 훨씬 더 영적으로 보인다. 그러나
아무리 영물이라도 먹어야 사는 게 육신 가진 동물의 한계다.

야크뿐 아니라 양떼와 양치기도 심심찮게 만난다. 사람의
영혼까지 빨아들일 것처럼 짙푸른 하늘을 배경으로 자로 그은
듯 땅을 향해 군더더기 없이 깨끗한 사선으로 내리꽂힌 능선
에 홀연 나타난 양떼와 양치기의 모습은 한 폭의 그림인가, 문
명인의 잠재의식 저 깊은 심연에서 부상한 태곳적 기억인가?
어쩐지 현실 같지가 않다. 만약 현실이라면 저들도 먹어야 살

텐데 무얼 먹고 사나.

아침에 일어나면 얼굴이 푸석푸석하고 손발이 저려오는 등 고산병 증세를 보이기 시작한 우리는 그저 믿느니 물뿐이었다. 시도 때도 없이 물을 마셔대니까 당연히 배설하는 간격도 잦았다. 목이 말라서도 마시고 남들이 마시는 걸 보고도 마신 물은, 남들이 배설하는 시간에 덩달아 배설하고픈 충동을 일으켜 버스만 섰다 하면 다 같이 내려서 각자 흩어졌다. 그럴 때 엉덩이라도 가릴 만한 돌을 찾아 비탈로 조금만 올라가보면 아무리 산지라 해도 생판 불모지만은 아니라는 걸 알 수가 있다. 이끼보다는 좀 키가 큰 풀이 푸른 기 없이 갈색으로 돋아 있기도 하고, 간간이 꽃을 피운 풀도 있다. 고도가 높아질수록 나무의 키가 낮아져 관목숲이 되고 식물한계선을 넘으면 모진 풀밖에 못 자라고 이끼만 남다가 아무것도 못 자라는 땅이 된다고는 알고 있었지만, 나무보다 풀이 더 강하고 풀보다 꽃이 더 강하다는 건 처음 알았다. 풀도 없는 데서 꽃을 보게 되다니. 놀랍게도 그 붉디붉은 꽃은 나팔꽃처럼 생긴 통꽃인데, 꽃이 한 송이씩 땅에 직접 뿌리를 내리고 있었다. 짓밟혀도 짓밟혀도 살아남는 질경이의 강한 생명력은 줄기 없이 잎이 직접 땅에 뿌리내렸기 때문이라고 들은 적이 있는데, 이 꽃의 생존 방식이 바로 그러하였다. 연연하고도 연약해 손이 닿

으면 스러질 듯 가련한 꽃송이에 어찌 그리도 모진 생명력이
잠재해 있는지.

가다보면 갈아엎으면 농지도 될 것 같은 평원에 보라색 꽃
이 가없이 펼쳐진 데가 심심찮게 나타난다. 한두 송이 꺾어 책
갈피에 눌러보고 싶은 어린 마음이 동해서 가까이 가보면 줄
기에 어찌나 독한 가시가 빈틈없이 나 있는지 감히 손을 못 댄
다. 제까짓 게 무슨 장미도 아닌 것이 가축도 못 먹게 이다지
도 심한 독기를 내뿜고 있나 아니꼽더니만 산지에 눈에 띄지
않게 퍼진 이끼류의 식물들은 폭신하고 부드러운 것들이 많
다. 양들이 흩어져서 연방 주둥이를 땅에 들이박고 있는 까닭
을 알 듯하다. 사람 눈에나 민둥산이지 동물에게까지 불모의
땅은 아닌 모양이다.

고개를 넘을 때마다 성황당 같은 돌무더기를 만나는 것도
신기하다. 돌무더기뿐 아니라 울긋불긋한 헝겊이 걸려 있는
것도 성황당하고 비슷하다. 돌무더기나 아무렇게나 뒹구는 돌
중엔 티베트문자가 새겨진 돌도 많다. '옴마니반메훔'이라는
그들의 진언이라고 한다. 그들이 휴대용 마니차를 돌리며 중
얼거리는 소리도 옴마니반메훔이고 그 안에 들은 부적 같은
종이에도 그 진언이 적혀 있다고 한다. 옴마니반메훔을 직역
하면 '연꽃 속의 보석이여'라는 뜻이라고 한다.

몇 호 안 되는 마을도 희게 칠한 불탑을 중심으로 형성돼 있고, 불탑에는 물론 집에도 반드시 오색 헝겊 깃발이 꽂혀 있다. 세로로 꽂힌 깃발 맨 위엔 청색, 백색, 적색, 녹색, 황색의 순서로 손수건만한 헝겊을 달아놓고 있다. 부처님이 득도했을 때 몸에서 오색의 빛이 난 데서 유래된 종교적 관습이라고 한다. 이곳에서는 말 한마디, 일거수일투족이 부처하고 통하지 않는 것이 없다.

라싸에서 장채까지 가는 동안 만나게 되는 가장 아름다운 길은 해발 사천오백 미터에 위치한 암드록쵸 호수를 낀 길이다. 호수라기보다는 강을 끼고 가고 있는 것처럼 그 아름다운 길은 굽이굽이 마냥 이어진다. 이 거대한 호수를 하늘에서 내려다보면 전갈 모양을 하고 있다고 한다. '암드록쵸'는 티베트 말로 '전갈 모양의 터키석'이라는 뜻이라고 한다. 불모의 갈색 봉우리들이 주위를 에워싼 이 호수의 푸르름은 귀기마저 돈다. 왜 티베트 사람들이 그렇게 터키석을 좋아하는지 알 것도 같다. 그러나 아무리 상품의 터키석도 이 호수 빛깔에 도달했다고는 차마 못하리라.

우리는 말을 잃고 숨을 죽였다. 호숫가에서 잠시 쉴 때였다. 소설도 잘 쓰지만 시인이기도 한 김영현이 마침내 벌떡 일어서더니 호수를 향해 일갈을 했다. 글로 옮기기 민망한 쌍욕이었는데 가슴이 후련해지는 절창이었다. 더이상 무슨 말이 필요하랴.

옴마니반메훔

장채는 티베트에서 세번째로 큰 도시라고 한다. 세계에서 몇째 안 가는 인구 대국에서 온 우리 눈에는 1960년대의 소읍 정도로밖에 안 보였다. 장채에서 처음으로 초등학교를 보았다. 라싸에도 물론 현대적인 교육기관이 있겠지만 미처 보지 못했고 장채까지 오는 동안은 신경써서 찾아보았지만 못 보던 거였다. 안내인 말에 의하면 대부분의 농촌에서는 아직도 아이들을 절에 보내 문자를 익히게 하고 기본적인 불교 경전 공부도 시킨다고 한다. 카메라를 향해 밝은 표정을 짓는 아이들은 아이들 공통의 밝고 활달한 표정을 하고 있었으나 그중 상당수는 한족으로 보였다.

1950년 중국이 티베트를 침공할 당시 이 나라는 행정력이나 군사력 모두 전근대적인 상태에 머물러 있는데다 국제사회에도 거의 알려지지 않은, 따라서 외교적으로도 고립무원의 상태였다. 그때 쉽사리 티베트를 자국의 영토로 만들어버린 중국은 문화혁명기엔 무자비한 티베트 문명 말살 정책을 펴왔고, 근래에는 몇몇 중요한 사찰을 중점적으로 복원하면서 한족을 활발하게 이주시키고 있다고 한다. 라싸에서는 이미 오래전에 한족의 인구가 티베트족 인구를 크게 웃돈다더니, 여기도 길가의 상점이나 음식점 주인은 거의 전부가 한족이다. 농촌에서는 마음이 고요하고 편안하다가 도시로 들어오면 피곤하고 짜증까지 나는 것은 관광객만 보면 어른 아이 할 것 없이 엉겨붙어 구걸하는 티베트 사람들 때문인데 그런 현상도 아마 한족의 인구 증가와 관계가 있을 것이다. 티베트족에 비해 옷 잘 입고, 얼굴 깨끗하고, 거드름이 몸에 밴 그들을 보면 우리를 식민지로 만들었을 때의 일본 사람 생각이 나서 배알이 꼴린다.

장채의 초등학교에도 학교 표시가 교문 양쪽에 한문과 티베트어로 따로따로 붙어 있다. 그 안에서 어떤 교사가 무엇을 가르칠지는 물어보지 않아도 뻔하다 싶은 것도 식민지하에서 초등교육을 받아본 나만의 삐딱한 시선일까? 중요한 사찰의 보수가 이제 내 재산이 된 이상 지켜야 한다는 소유욕과 관광자원으로서의 가치 발견 등 경제적인 차원이라면, 이주 정책과 교육정책은 더욱 가혹한 고유의 정신문화 말살 정책일 거라는 건 당해본 사람만이 아는 거의 피부적인 감각이다. 그러나 관광객만 보면 애절하게 구걸하는 아이들에게 시달리다가 아무것도 안 달래면서 이방인을 반기는 아이들을 보는 건 역시 즐거웠다.

숙소인 장채 호텔 넓은 로비에선 등신대의 가면극 인형들이 우리를 반겼다. 원색적인 화려한 의상은 우리 가면극하고 달랐지만 과장되고 우스꽝스러운 탈의 표정은 우리의 탈─먹중, 미얄할미, 포도대장, 취바리, 말뚝이, 양반, 노장─과 어쩌면 그렇게 닮았는지 그 옛날부터 문화의 교류가 있었다기보다는 몽고인종이 가진 상상력의 공통점이 아닐까.

자고 나니까 손발이 몹시 저렸다. 전날 밤에 산소통을 하나씩 지급받았지만 별로 효과가 있는 것 같지 않았다. 막상 산소통을 지급받고 보니 실망이 컸다. 우리 중 아무도 산소통 같은 걸 껴본 적이 없는지라, 산소통이라면 숨이 넘어가던 사람도 무조건 살려내는 줄 알았는데 맡으나 마나였다. 천 시시 물통보다도 홀쭉한 통에 들어 있는 게 보통 공기인지 산소인지도 의심스러웠다. 하긴, 산소가 보통 공기하고 다른 맛이나 냄새가 있다고 해도 이상하겠지만, 최소한 혼탁한 도시를 벗어나 삼림욕을 하는 정도의 상쾌감은 있으려니 했는데 그렇지도 않았다. 산소가 희박한 공기를 오염된 공기하고 같은 것이라고 오해하고 있었던 것 같다. 호흡하면서 상쾌하기로 말하면 이곳 공기가 그만이었다. 민병일 시인은 자주 코피를 흘렸고, 노부부 중의 부인은 어젯밤에 식사를 거르고 몸져누워 우리를 불안하게 하더니 아침에 가까스로 기동은 했으나 힘들어 보였다. 우리는 소지한 밑반찬을 나누며 서로를 격려했다.

장채의 대사찰 펠코르 최데 사원白居寺은 시내 중심부에 있다. 성채를 방불케 하는 옛 건물이 남아 있는 언덕 아래 광대한 부지에 자리잡은 이 대사원은 15세기경 장채의 왕에 의해 창건된 이래 불교의 각종 종파를 망라한 종합 불교 센터의 역할을 해왔다고 한다. 정문을 들어서면 너른 마당이 나오고 정면으로 회의장처럼 생긴 큰 절이 보인다. 그 옆으로 복잡하고도 아름답게 생긴 큰 탑이 보이는데 그게 바로 쿰붐이라 불리는 티베트 최대의 불탑이다.

광장을 지나 먼저 큰 절에 들어서면 강당 같은 큰 방이 있고 각자 하나 앞에 하나씩 책상을 놓고 공부하는 라마 스님들을 볼 수 있다. 그러나 그게 공부인지, 염불인지, 연구한 걸 토론하는 세미나인지는 확실하지 않다. 몇백 년은 돼 보이는 갈색으로 찌든 경전을 앞에 놓고 웅얼거리는 스님이 있는가 하면, 잡담을 하는 스님도 있고, 바라를 치는 스님도, 진언을 외면서 종을 흔드는 스님도 있다. 각자 자유자재고 연령층도 다양하다. 강제되거나 통제되지 않은 분위기가 그런대로 조화를 이루고 있다.

　이 강당을 중심으로 경전을 수납해두는 창고 같은 방도 있고, 과거불·현재불·미래불의 삼존을 모신 방들도 있고, 계보를 알 수 없는 고승들이나 나한들의 상이 있는 방들도 부지기수로 많다. 실내는 대체적으로 어두컴컴하여 벽화를 지나치기가 쉬운데, 호사하게 장식한 부처는 질리도록 많이 봤으니 벽화를 주의깊게 봐두는 것도 좋을 듯하다. 벽화는 지옥도가 아닌가 싶게 무시무시하다. 피에 굶주린 지옥사자 같은 것도 있고 송장이나 해골 같은 것도 그려져 있다. 어둑한 조명도 벽화의 그로테스크한 효과를 극대화시키려는 특수 장치처럼 여겨진다.

　다음은 쿰붐. 이 불탑은 겉으로 보기에도 매우 아름답고 복잡하고 어마어마해 보인다. 오층까지는 수많은 각으로 이루어진 다각형을 층계처럼 쌓아가다가 육층은 원으로 돼 있고 그 위는 사각형, 그러고는 황금빛 돔 형식의 팔층이 있고, 그다음은 원반 위에 종의 꼭지같이 달린 게 탑두이다. 층마다 황금빛 테를 두르고 있고, 네모로 각이 진 칠층의 외벽에는 이 세상 중생을 굽어보는 불안佛眼이 그려져 있다. 내부는 길을 따라 움직이면 저절로 위로 위로 가게 돼 있지만, 조금만 오르막길이라도 다리가 저리고 숨이 차는 증세가 더욱 심해져 자연히 구경보다는 몸조심에 더 많이 신경을 쓰게 된다.

이 팔층 건물에는 백팔 개의 방이 있고 벽에 그려진 부처님의 수효만도 십만이 넘는다는 게 안내자의 설명이다. 그야말로 만신전萬神殿인데, 중세 티베트 사람들의 신에 대한 풍부한 상상력이 놀라울 따름이다. 그러나 그 안의 벽화나 불상은 오백 년이 지났다고는 믿어지지 않을 정도로 너무도 생생하여 다시 한번 그 무궁무진한 신의 물량화와 현란한 극채색에 질리게 된다. 안내인의 말인즉 근래에 복원된 것도 많다고 한다.

한꺼번에 너무 많이 보고 나면 하나도 못 건지는 수가 있는데 이 사원을 나오면서는 그래도 하나 새롭게 깨달은 게 있었다. 그것은 이 나라 사람들이 줄창 입에 달고 있다시피 한 진언 옴마니반메훔에 대해서인데, 직역하면 '연꽃 속의 보석이여'라는 뜻이 된다기에, 식물에서 가장 아름다운 것과 광물에서 아름다운 것의 이름을 줄창 입에 달고 있음으로써 현실의 구질구질함을 극복하는 한편 아름다운 상상력으로 정신을 정화하는 힘을 얻고 싶은 갈망이 만들어낸 주문이려니 했다.

그러나 그보다는 훨씬 뜻이 깊다는 걸 어떤 벽화 앞에서 문득 깨달을 수가 있었는데, 그건 티베트 사원에서 흔히 볼 수 있는 남녀 합환상이었다. 앉은 채 합환하는 불상보다 채색 벽화 쪽이 훨씬 더 생생하고 에로틱했지만, 그보다는 남자 신과 여자 신한테서 뻗어져나온 각자 서너 쌍이나 되는 팔이 그 우아한 손끝에 쥐고 있는 게 연꽃 아니면 보석이 박힌 막대기 같은 거라는 게 눈길을 끌었다. 그중에서 두 개의 팔은, 남자 신이 안고 있는 여자 신의 등뒤에서 쥐고 있는 연꽃에다 보석 봉을 박은 모양으로 합쳐지는데, 누가 보기에도 옴마니반메훔의 형상화가 틀림이 없었다. 합환하는 남신·여신의 표정에 나타난, 곧 둥실 승천할 것 같은 도취의 경지도 해탈 순간의 정신적 환희의 극치를 성적 쾌락의 극치감에서 유추한 거라고 해석해도 무방할 것 같았다.

펠코르 최데 사원 앞 너른 마당에서는 순례를 마친 티베트 사람들이 편안한 얼굴로 쉬고 있고, 개들도 여기저기서 발길에 차이고 있었다. 부인들이 차도구를 끌러놓고 차를 마시는 자리에도 어김없이 개 한두 마리가 끼여 앉아 있었다. 여기 개들은 자신이 개라는 걸 전혀 의식 못하는 것 같다. 사람을 경계하지도 않을뿐더러 문득 생각에 잠긴 표정을 짓곤 한다. 좋은 데서는 곧잘 차를 마시는 저들과, 경치 좋은 데서는 고기부터 굽고 보는 우리하고 과연 어느 쪽이 더 문화적이라고 할 수 있을까 하는 뚱딴지같은 생각을 하고 있는데, 부인네들이 친절하게 손짓하면서 같이 어울리기를 권했다.

그들이 차를 마시던 그릇에다 차를 권하는데 나 보는 앞에

서 꾀죄죄한 수건으로 한 번 닦고 나서 깨끗한 행주로 몇 번
이고 몇 번이고, 이쪽에서 민망해지도록 여러 번 훔치고 나서
거기다 버터차를 따라주었다. 처음 마셔보는 이 땅의 기호품
이 내 입맛에 든다고는 할 수 없었으나 부인들의 상냥한 마음
씨와 자상한 배려가 고마워서 억지로라도 맛있다는 표정을 지
었다. 찻잔은 우리의 밥공기만한 크기의 아름다운 청화백자였
다. 한마디도 말이 통할 리 없지만 바라보고만 있어도 편안해
지는 착하고 소박하고 욕심 없어 보이는 사람들이었다.

수많은 부처님 앞을 대충대충 통과하고 나서 보통의 티베트
사람들을 대하게 될 때마다 나는 으레 혼란스러워지곤 한다.
그들이야말로 욕망을 초극한 부처고, 사치를 극한 절 안의 부
처들이 오히려 번뇌중의 속인처럼 여겨져서이다. 그러나 그런
경험을 반복하는 사이에, 어떤 종교의 신이건 신의 자격은 무
엇보다도 인간적인 오욕五慾으로부터의 자유라는 고정관념으
로 남의 신을 보는 것이 과연 옳을까 하고, 여지껏의 신관神觀
에 다소 융통성이 생겨나고 있었다.

펠코르 최데 사원을 나오면 아주 가까이에서 장채성城을 바
라볼 수가 있다. 장채는 그렇게 큰 고장은 아니다. 한 바퀴만
돌면 시내의 약도를 머릿속에 챙길 수 있을 것처럼 빤한 고장
인데 그 성만은 난공불락의 요새처럼 보인다. 펠코르 최데 사

원에서 바라보면 왼쪽만 완만한 능선으로 돼 있고 그 밖의 면은 가파른 낭떠러지를 이루고 있어 외부의 공격으로부터 수성하기에 용이한 지형이다.

이 성의 기원은 멀리 14세기까지 거슬러올라가야 한다. 15세기에 건축한 펠코르 최데 사원의 어마어마한 규모와 그 안에 쏟아부은 무진장한 금은보화로도 미루어 짐작할 수 있듯이, 그때 장채는 작지만 부유한 왕국이었다고 한다. 인도에서 부탄을 거쳐 물자가 들어오는 교역의 중심지요 교통의 요지였으리라는 지리적 장점으로 인해 그만큼 외부의 침략을 받는 일도 빈번했으리라는 걸 견고하고 아름다운 성은 말해준다. 성을 아름답다 말하면 안 맞는 말이 될지도 모르지만, 성 축조술의 뛰어남 때문인지 시간의 미화 작용 덕분인지 시내에서 올려다본 장채성은 언덕의 지형과 어울려 그지없이 아름답고 품격 있는 조화를 이루고 있다. 오르막길에서는 곧 숨이 차고 골치가 아파 헐떡이게 되는 우리의 유약한 체질을 생각해 그 너머엔 무슨 경치가 있을까 하는 호기심을 억제하지 않으면 안 되었다.

장채성은 또한 20세기 초, 영국령 인도군의 침입을 받아 석 달 동안이나 용감하게 버틴 곳으로도 유명하다. 그때는 벌써 대포나 기관총 등 현대적인 무장을 했을 인도군과 기껏 화승총이나 칼 같은 것으로 그렇게 오래 대항했을 그들의 용감성이 우리 근세사와의 공통점 때문에 유난히 처절하게 느껴진다.

장채를 벗어나자 황량한 산야가 이어지고, 시냇물과 푸른 빛이 도는 들이 나타나면 반드시 흰 벽을 야크 똥으로 덧입혀 놓은 전형적인 티베트 농가가 보이곤 했다. 졸졸졸 맑은 개울물 위로 돌다리가 놓인 농촌에서 우리 일행은 잠시 쉬어가기로 했다. 돌다리가 놓여 있다고 해서 개울이 큰 것은 아니다. 충분히 건너뛸 수 있는 넓이인데 아마 어린애들을 위해서 걸쳐놓은 돌일 것이다. 그 마을에서 크지도 작지도 않은 집 앞에서 발길을 멈추었다. 아무데나 보랏빛 붓꽃이 무리 지어 피어 있고, 담 곁에는 말이 매여 있고, 개와 염소가 같이 놀고, 푸릇푸릇한 밭둑을 토기로 된 물통을 진 남자가 느리게 걸어가는 목가적인 마을이었다.

대문은 없이 담만 쳐진 농가의 마당을 기웃대자 중년의 부인이 내다보았다. 농촌이나 도시 집들은 거의가 다 흰 벽돌로 벽을 치고 담도 쌓는데, 담을 쌓는 까닭이 외부를 경계하려는 게 아니라 오직 야크 똥을 말리기 위한 건조대로서의 구실 때문이 아닌가 싶게 집집의 담은 야크 똥으로 인해 완전히 이중으로 돼 있다. 우리가 들여다본 집 담장에 남아 있는 약간의 여백도 아직은 똥이 모자라서일 뿐 가을이 오기 전에 다 메우고도 남으리라. 처음에는 신기하게만 보이던 야크 똥이 이제는 풍요의 상징처럼 푸근해 보인다. 주인아주머니는 별로 싫어하거나 생색내는 티 없이 무던한 표정으로 우리가 집안까지 들어가보는 걸 허락해주었다.

거의 '一' 자로 된 평면 가옥은 세 칸으로 나뉘어 있었는데, 한 칸은 침실과 주방을 겸한 가족들의 거실이고, 가운데 칸은 농기구를 두는데, 이 집에서 가장 큰 공간은 가축을 위한 칸이었다. 마당에서 개와 닭이 돌아다니고 있을 뿐 그 안은 비어 있었다. 가축들은 밤에는 돌아오는 걸까. 이 지방의 겨울밤 추위는 가혹하다니 여름 동안은 노숙을 하다가 겨울에나 돌아와 그 안에서 추위를 피하는지도 모르겠다.

하나밖에 없는 거실에서는 몇 식구가 사는지 주방용품은 간소했지만 식기는 우아하고도 친근했다. 문양이나 색상이 우리의 청화백자하고 너무나 비슷하기 때문일 것이다. 주식은 라이보리를 가루로 만든 참파라는 것과, 양이나 야크 젖, 버터나 버터차, 야크의 육포 따위가 주요 영양 공급원이라니까 복잡한 요리 기구가 무슨 필요겠는가. 눈에 띄는 현대적인 주방 기구라고는 오직 커다란 보온 물통이 전부였다. 여행객의 아니꼬운 심미안인지도 모르지만 그 단 하나의 문명적인 기구가

방안 분위기에서 튀는 게 흠이었다. 거실 한가운데 놓인 난로가 난방과 취사를 겸한 유일한 에너지원이라면 차를 좋아하는 그들에게 보온통은 필수품일 터이다. 야크 똥 연료는 연기가 많이 나는지 실내가 전체적으로 검게 그을어 있었다.

벽 쪽으로 침상이 놓여 있는데 그 안에서 자고 있던 아이가 놀랍게도 "아암마" 하면서 울었다. 엄마를 부르는 소리라고 한다. '어부바'라는 말도 우리하고 똑같이 아이를 업을 때 흔히 쓴다고 한다. 아이는 두껍고 거친 모포에 둘둘 멍석 말듯이 말려 있었다. 아이의 침상하고 연이어서 길게 침상이 있고, 방 모양에 따라 'ㄱ' 자로 꺾여서도 높낮이가 다르게 침상이 놓여 있었다. 침대라기보다는 소파로 쓰기에 알맞은 넓이로 보였지만 개켜놓은 모직물은 이불 같았고 가족들의 침대 겸 손님용 소파로 써도 무방할 것 같은 치수였다.

식탁 위에 놓인 식기 말고 벽에 매달린 수납장에도 간소한 그릇들이 장식돼 있었고, 그 밑의 선반에도 소쿠리, 토기, 절구 등을 보기 좋게 배치해놓고 있었다. 방구석에도 나무통, 항아리 등이 모여 있었지만 옷을 수납하는 장이 따로 있는 것 같지는 않았다. 최소한도의 세간살이만 지니고 사는 사람들인 것 같았다. 그러나 겉보기에 집은 견고하고 아름다워 보였고, 평면인 지붕을 위해 골조로 쓴 목재가 추녀끝까지 나온 걸 보면 포탈라궁의 공법을 연상하게 될 뿐 아니라 이 땅 어딘가에는 양질의 목재가 나는 광활한 밀림도 있으리라는 추측을 하게 된다. 나무를 하도 못 보니까 그런 생각만 해도 즐거워진다.

너무 오래 남의 집을 구경한 게 미안해서 그 집 아이에게 약간의 돈을 주고 싶었지만 아이는 안 받았다. 아이의 할머니일 듯싶은 부인에게 아이가 예뻐서 주고 싶으니 받으라고 해달라는 시늉을 재주껏 해 보였더니 그가 아이에게 받아도 좋다는 허락을 했다. 아이는 비로소 손을 내밀었지만 조금도 고마워하는 눈치가 아닌 게, 돈을 모르는 아이 같았다. 사진을 같이 찍자고 했을 때도 그 집의 젊은 부인은 사양했고 아이도 마지못해 같이 서주었다. 자존심이 보통이 아닌 가족이었다. 시골이기 때문에 그게 가능한 것 같았다.

뒷간을 생활공간보다 한층 높게 두는 것도 티베트 가옥의 특징이었다. 그래서 화장실에 가려면 계단을 올라가야 하는데, 그 이층 높이 아래쪽 일층 벽에다 회灰로 고정시키지 않고 돌이나 벽돌을 쌓아놓은 곳이 분뇨를 치는 구멍이었다. 사원 건물도 뒤로 돌아가보면 벽의 일부분을 회로 고정시키지 않고도 벽재와 똑같은 돌이나 벽돌로 감쪽같이 아물려놓은 걸 볼 수가 있는데, 그곳이 바로 분뇨를 칠 때 들어낼 수 있는 부분이었다. 그렇다고 그 근처에서 나쁜 냄새가 나는 것은 아니었다. 농사철이 짧으니까 일 년 동안 분뇨를 모아도 넘치지 않을 만큼 깊어야 하고 그렇게 오래 분뇨를 쟁여놓음으로써 완전한 퇴비를 만들 수 있을 것이다. 옛날 우리 농촌처럼 여기서도 인간의 분뇨는 농작물에 없어서는 안 될 비료라고 하니까.

장채 시장에서 바리같이 생긴 그릇을 두 개 샀다. 한족인 가게 주인은 골동품이라고 허풍을 떨었지만 나는 믿지 않았다. 이곳 생활용품은 버터기름과 야크 똥 연료에서 나는 그을음 때문에 외국인에게 마치 세월의 때인 것처럼 속여먹기에 적당할 만큼 찌들어 보인다. 골동품이 아니라도 보기 좋기에 샀다.

장채에서 시가체까지 가는 길은 줄창 사천 미터급의 고원이 끝없이 펼쳐지지만 갈색 불모의 산이 형형색색의 기발한 모습으로 멀리 가까이 솟아 있긴 마찬가지이다. 다만 어쩌다가 지평선을 볼 수 있을 정도로 산이 멀어지고 고원이 넓어진다 뿐, 산으로부터 자유로울 수 있는 건 아니다. 가끔은 나무가 길 양편에 늘어서고 풍부한 시냇물이 들을 적시는 마을도 나타나 그지없이 평화로운 휴식감을 준다.

그런 마을 사람들은 우리하고 동시대 사람이라고는 믿어지지 않는 생활을 하고 있다. 그건 뒤떨어졌다는 뜻하고는 다르다. 거기에는 우리가 오래전에 잃은 자연과의 일치와 교감에서 오는 근원적인 평화와 행복감이 있을 것 같다. 그건 내가 시골 출신이고, 수공업 시대의 농경사회 그대로였던 유년기의 고향 체험을 무슨 이상향처럼, 보물단지처럼 간직하고 있어서만은 아니다. 티베트에서 시냇물을 볼 때마다 몇 년 전에 『녹색평론』에서 읽은 스웨덴의 언어학자 헬레나 노르베리 호지의 「라다크 체험기」가 생각나 향수와 같은 친근감에 사로잡히게 된다. 왜 그렇게 그의 글에 깊은 감동을 받았을까. 헬레나의 글 중 일부를 그대로 인용해보겠다.

드물게 있는 나무들—살구나무, 버드나무, 포플러—은 혹심한 겨울 추위에도 불구하고 땔감으로 사용되지 않는다. 나무들은 조심스럽게 보살펴지고, 그 목재는 건축이나 악기·도구 들을 위해서만 사용된다. 땔감으로는 짐승의 마른똥이 이용되고 인분은 거름으로 이용된다. 집집마다 퇴비 변소가 있고 모든 쓰레기는 재순환된다.

라다크에 도착한 직후 나는 어느 냇물에서 빨래를 하고 있었다. 내가 막 더러운 옷을 물속으로 던져 넣으려 할 때 일곱 살밖에 안 되어 보이는 조그만 여자아이가 지나가고 있었다. 그 소녀는 부끄러움을 타면서 "거기서 옷을 빨면 안 돼요. 아랫마을에서 그 물을 마셔야 해요"라고 말했다.

소녀는 적어도 일 마일이나 아래로 떨어져 있는 한 마을을 가리켰다. "저기 있는 저 물을 이용하세요. 저것은 그냥 밭으로 들어가는 물이거든요."

나는 라다크 사람들이 그처럼 험난한 환경에서 어떻게 하여 생존해가고 있는지를 배우기 시작했다. 나는 또한 '검소'라는 낱말의 의미를 배우기 시작했다. 서양에서는 '검소'라고 하면 늙은 아주머니와 자물쇠가 잠긴 광 같은 이미지를 떠올리게 된다. 그러나 라다크에서 보는 검소함이라는 것은 사람들이 번영을 누리고 사는 데 근원이다. 제한된 자원을 주의깊게 이용한다는 것은 인색함과는 아무 상관이 없다. 검소함은 적은 것에서 많은 것을 얻어낸다는 것을 의미한다.

그때 마침 나는 병적일 정도로 우리의 쓰레기 문제에 절망하고 위기감에 사로잡혀 있을 때였다. 내남직없이 잘 먹고 잘 사는 것까지 쓰레기에 기식하는 살찐 구데기 같다고 극단적인 비하를 하고 싶을 때였으므로 그 글은 질식 직전에 숨통을 터주는 한 가닥의 청량한 바람 같았다. '엄마의 신경성'이라는 소리는 맞는 말이었다. 나 혼자 그래 봤댔자 달라질 일도 아니라는 체념인지 변명으로, 그후 그런 증세는 그럭저럭 무마가 되었다. 엄마의 신경성이란, 내 정의감의 빤한 한계를 두고 우리 아이들이 놀리는 말이다. 그래도 지금 다시 그의 글이 생각나는 것은 좋은 일이었다.

우리가 모르는 사람을 처음 소개받을 때 그 사람의 학벌이나 지위, 재산 정도 따위보다도 그 사람의 귀여운 버릇이나 소탈한 일화 같은 것이 오히려 그 사람을 이해하고 호감을 갖는 데 믿을 만한 구실을 할 때가 있다. 헬레나의 글도 내가 티베트를 여행하는 동안, 특히 시골에서는 그런 좋은 의미의 선입관이 돼주었다.

헬레나가 체험한 마을을 연상시키는 농촌일수록 밭에서 일하는 야크의 머리장식이 사뭇 볼만하다. 그렇잖아도 잘생긴 몸집에다 수놓은 띠를 두르고 제왕처럼 위엄 있는 뿔 사이로는 붉은 술을 달고 유유히 쟁기질을 하고 있는 야크를 보고 있으면 이 짐승을 식구처럼 사랑하고 고마워하는 티베트 사람들의 상냥한 마음씨가 느껴져 절로 미소 짓게 된다. 고마워하면서 잡아먹는다는 건 말도 안 되는 것 같지만 시체를 독수리에게 먹이는 조장鳥葬의 풍습이 아직도 남아 있는 땅이라는 걸 감안해야 할 것 같다.

영혼을 떠나보낸 육체에 대해서는 그게 비록 인간의 시신이라 할지라도 미신적인 공포감이나 신비화 없이 냉정하게 직시하는 능력 또한 티베트 민족의 상냥함과는 또다른 엄혹한 면이 아닐까. 야크를 중히 여기고 고마워하는 마음이 야크에서 나는 건 털끝 하나도 허투루 하지 않는 완벽한 이용으로 표현되고 있을지도 모른다. 사랑, 연민, 자비 등이 인간을 인간답게 하는 공통의 정서라고 해서 그 사랑법까지 똑같을 수는 없지 않을까.

때의 갑옷

시가체는 라싸 다음가는 티베트 제2의 도시이다. 도시가 가까워지면서 만나는 사람도 달라진다. 군인, 공무원, 상점 주인, 식당 주인, 깨끗한 옷을 입은 사람은 거의 다 한족이고 구걸하는 사람은 백발백중 티베트 사람이다. 일없이 멀거니 아이를 안고 길에 나와 앉아 있던 아기 엄마도 관광객만 보면 손을 내밀고, 자기 자식이 걸어다닐 만하면 구걸을 시키기도 한다. 안고 있는 아이가 아프다고 우는 시늉도 하고 부스럼 자국을 드러내 보이기도 한다.

도시로 통하는 큰 도로변은 차의 왕래가 빈번하고 먼지가 많이 나는 들판에는 텐트 촌도 있다. 고원에서 어쩌다 만나게 되는 유목민의 텐트하고는 다르다.

산간 고원에서는 야크 가죽 텐트를 치고, 야크의 허파로 만든 풍구로 야크 똥 연료에다 풍구질을 하는 목동은 결코 구걸하지 않는다. 때에 찌들어 갑옷같이 된 옷을 입고 머리에는 야크 머리보다 훨씬 간소한 장식을 하고 야크 뼈와 터키석으로 만든 장신구를 주렁주렁 걸친 목동은 수줍고 당당하고 섹시하기조차 하다. 때의 갑옷을 걸친 섹시함은 애인의 잇새에 낀 고 춧가루만 봐도 정떨어지고 마는 우리의 얄팍한 감성 그 밑바닥에 남아 있는 야성을 일깨우는 원초적 수컷스러움이다. 그러나 그들의 수효는 점점 줄어들고 있고, 나중까지 남을 방법이 있다면 자신의 희소가치를 상품화하는 것밖에 없으리라는 게 불을 보듯이 뻔하게 느껴진다.

도시 주변의 텐트 촌은 우리 식으로 말하면 도시 빈민촌에 해당할 것 같다. 그 안에는 할 일 없는 여러 식구들이 우글거리고 최소한의 생활 도구도 관광객이 버리고 간 페트병, 비닐통 따위 화석연료의 찌꺼기들이다. 뭘 때고 사는지는 모르지만 야크 똥은 아닐 것 같다. 그들의 재산 목록에는 야크가 없으니까. 품팔이를 나간 식구도 있겠지만 관광버스를 보고 모여드는 그들의 수효는 엄청나다. 아가사리 끓듯 모여들어 집요하게 구걸을 한다. 아장아장 걷는 아이도 구걸에 필요한 영어는 몇 마디씩 할 줄 안다. 그들의 거지근성이 혐오스러우면서도 중국의 개발 정책과 함께 들어오기 시작한 외국 관광객을 보면서 느낀 그들의 상대적 빈곤감이 그들을 그렇게 무력하고 파렴치하게 만들었다 싶어 관광객의 한 사람으로서 자책감을 느끼게 된다.

아이가 더러운 손을 내밀면서 무슨 주문처럼 '헝그리 헝그리' 하는 소리를 듣는다는 것은 정말 못할 노릇이다. 망명중인 달라이 라마는 중국의 지배를 받기 전의 티베트 사람들은 부자는 아니었지만 자유스럽고 무엇보다도 굶주림이라는 걸 모르는 생활을 해왔다는 걸 기회 있을 때마다 강조하고 있다. 그러나 현재 그의 민족의 희망이어야 할 새싹들은 '헝그리' 소리를 먼저 배우고 있다.

지리적·종교적 특수성 때문에 천 년도 넘게 그들만의 독특한 문화를 창조해왔고, 지구상 가장 가혹한 환경에 적응하느라 오히려 가장 자연 친화적인 자급자족 사회를 이룩해온 그들의 눈에 풍요하고 획일적인 서구 문명이 어떻게 비쳤을까. 면역성이 생기기 전의 인체처럼 이 순결한 문명은 세계적인 획일성 속으로 자취도 없이 흡수되고 마침내 소멸되고 말 것인가. 비록 망명지에서이지만, 세계를 향해 티베트의 완전한 자유민주주의와 전 국토의 비무장 평화지대 안을 열심히 호소하는 한편 아이들을 위한 교육 시설, 불교 승원 및 전통문화를 보호하고 육성하기 위한 시설 확충에 정열을 쏟고 있는 것으로 알려진 달라이 라마에게 기대를 걸 수밖에 없을 것 같다.

그런 생각을 하면서 당도한 시가체는 공교롭게도 판첸 라마를 받드는 지방이었다. 시가체 호텔 주차장은 닛산, 도요타, 미쓰비시 등 마치 일본 차의 전시장처럼 각종 일제 승용차가 빈자리 없이 들어차 있었다. 시가체가 그만큼 부자가 많은 도시인지 한족이 많은 도시인지 라싸의 일급 호텔에서도 본 적이 없는 흥청거림이었다. 저녁에 식사를 하러 내려갔더니 식당도 대만원이라 줄을 서서 음식을 덜어와야 했다. 말끔하게 정장을 한 한족들이었다. 한족이라도 그 정도의 차를 타고 왔으면 고위 공직에 있는 사람들일 듯했다. 분위기가 좀 이상했다. 가이드가 알아왔는데 내일 판첸 라마 11세의 즉위식이 있다는 것이었다.

판첸 라마 10세가 서거한 것이 1989년이라니 죽고 나서 금방 환생을 하는 건 아닌 것 같다. 아니면 전대의 활불活佛이 서거하고 나서 일정 기간 안에 태어난 어린이 중에서 가려내는 것일 수도 있겠다. 달라이 라마 14세가 태어난 것은 1935년, 13세가 서거한 지 이 년 후였다니 판첸 라마도 그럴 가능성이 있었다. 그러나 달라이 라마 14세가 달라이 라마 13세의 환생이 틀림없다는 것이 신탁을 받은 고승들에 의해 확인된 게 그가 두 살 때였다는 걸 감안하면 판첸 라마의 자리는 그동안 너무 오래 비어 있었던 게 아닌가 싶기도 하다.

아무튼 두 활불 사이엔 선출 방법부터 상당한 차이가 있다는 게 짐작될 뿐, 자세한 건 알 수가 없었다. 달라이 라마에 대해서는 국내에서도 이것저것 얻어들을 기회가 많았지만, 판첸 라마에 대해서 아는 것은 불행하게도 그가 어용御用 라마라는 부정적인 이미지가 고작이었다.

달라이 라마 14세가 중국의 티베트 지배권을 인정하지 않고 인도의 다람살라에 망명하여 망명정부를 세워 오늘날까지 평화적인 독립운동을 해온 데 반하여 1989년 서거한 판첸 라마 10세는 중국 정부의 요직을 안배받았고, 그의 본찰인 시가체의 대사찰 타시룸포사원의 주인 노릇으로 일생을 마쳤다. 세상에 잘 알려지지 않은 신비의 땅에서 비로소 외부 세계에 모습을 드러내어 설득력 있는 언변과 천성의 친화감으로 서구 세계로부터도 많은 사랑과 지지를 받고 있는 달라이 라마와 비교해볼 때 판첸 라마를 어용으로 여기는 것은 그리 틀린 짐작은 아니라고 생각했다.

달라이 라마 14세가 망명지에서 서거한다면, 다시 그의 환생을 선출할 수 있을지 없을지도 불확실한 게 엄연한 티베트의 현실이다. 그러나 판첸 라마의 환생은 어엿이 선출되어, 지금 그의 즉위식에 중국의 관리들이 고급 승용차를 타고 구름같이 모여들었다. 그것만 봐도 그가 어용임은 증명되고도 남는 것이 아닐까. 그런 시선으로 보니까 유화정책으로 선회한 거들먹대는 중국 관리들이 티베트 다스리기에 북 치고 장구치러 온 속 다르고 겉 다른 하객처럼 아니꼽게 여겨졌다. 더군다나 식민지 경험이 있는 나에겐 그들이 일제시대의 총독부 관리만큼이나 밉상으로 보였다.

우리 일행은 그들이 아니라도 몹시 지쳐 있었고, 심리적으로도 처져 있었다. 민병일 시인은 오늘도 자주 코피를 흘렸고 식사도 거의 못했다. 호텔 계단을 오르는 것도 힘에 겨워 쉬엄쉬엄 올라야 할 만큼 탈진해 있었다. 아침에 일어나면 손발이 저리고 관절마다 나사가 풀린 것처럼 흐느적대 자기 몸을 추스르는 게 큰일처럼 여겨지곤 했다. 골치가 띵하고 기억력이 떨어지는 증세도 문제였다. 고도 오천 미터에선 산소가 평지의 반으로 준다고 한다. 그까짓 산소통으로 벌충할 수 있는 양이 아니었다. 그저 물만 먹어대니까 헛배가 부르고 식욕이 감퇴하는 것도 무력증의 한 원인일 듯싶었다.

나는 시가체에서부터 깜빡깜빡 뭘 잊어버리거나 잃어버리

길 잘해서 두 개를 준비해가지고 온 모자를 매일 하나씩 잃어버리고 나서 빌려서 쓰고 다녔다. 그날 보고 들은 걸 저녁에 기록하려고 해도 공부 못하는 애가 시험지를 받아놓은 것처럼 머리가 맹해지면서 아무것도 생각이 나지 않으니 기가 막힐 노릇이었다. 사람마다 조금씩 다르겠지만 나의 경우 산소부족증은 몸 전체의 조화와 균형이 깨진 것 같은 느낌으로 나타났다. 그런 느낌은 아주 고약하고도 공포스러운 것이었다.

판첸 라마의 본찰인 타시룸포사원은 광대한 부지에 크고 작은 건물과 열렬한 순례객과 관광객으로 대혼잡을 이루어 일개 사찰이라기보다는 로마의 바티칸하고 견주어야 할 것 같은 영토였다. 여기서도 역시 이루 말할 수 없이 호사스럽게 금은보석과 극채색의 비단으로 장식한 불상들과, 그 혼잡스러운 가운데서도 오직 부처님을 향해 오체투지하는 희열로 전혀 남을 의식하지 않는 티베트 사람들의 열렬한 신앙을 보니까 판첸 라마는 어용일 거라는 나의 선입관이 슬그머니 없어졌다. 그건 한국 사람다운 정치적 감각에서 나온 생각이고, 티베트 사람들은 자신들의 정체성을 주권보다는 종교에서 더 확인하려는 사람들이 아닐까.

우리 쪽 안내인은 달라이 라마는 진짜고 판첸 라마는 어용인 게 아니라 지역적으로 달라이 라마를 받드는 지방과 판첸 라마를 받드는 지방이 있다고 했고, 티베트인 안내인은 두 법왕을 형제간처럼 말했다. 달라이 라마가 티베트 제일의 법왕이고 판첸 라마는 그 아우 격, 즉 제2의 법왕이라는 거였다. 또 일반적으로 달라이 라마는 관세음보살의 화신으로, 판첸 라마는 아미타불의 화신으로 믿어진다고도 했다. 아무리 캐물어도 그들을 통해서는 누가 진짜고 누가 가짜라는 시원한 대답을 이끌어낼 수 없었다.

달라이 라마와 판첸 라마를 꼭 그런 식으로 구별하려는 건 내 안에 고착된 이분법적 사고방식 때문일 것이다. 우리는 독립운동만 하더라도 망명파와 국내파로 나누었고, 망명파만 하더라도 중국 쪽과 미주 쪽으로 다시 나누어 집권 세력이 누가 되느냐에 따라 우열이 매겨지기도 했다. 좌우익의 극렬한 이념 대립 사이에서 중도파는 회색분자로 몰려 설 자리가 없었고, 육이오전쟁 후에는 도강파와 잔류파로 나뉘어 잔류파는 부역을 했건 안 했건 도강파 앞에서 주눅이 들게 돼 있었다. 이렇게 명확하게 편을 갈라서 사람을 보는 눈에 길들여진 우리였다.

어린 나이에 조국을 중국한테 빼앗기고, 그 학정 밑에서 온갖 수모를 당하다가 1959년 라싸 시민의 봉기를 계기로 인도로 망명한 이래 여지껏 꾸준하고도 평화롭게 독립운동을 해온 달라이 라마에 비해, 국내에 남아 있으면서 중국 측과 잘 지내다가 천수를 다한 판첸 라마는 어용으로 여기기에 충분했다. 우리의 정치적 안목으로 보자면 그렇지만, 그들의 종교로 보자면 판첸 라마는 제2의 법왕이고 국내에 법왕이 하나도 없는 것보다 하나라도 있는 게 훨씬 힘이 될지도 모른다.

왜 둘 다 진짜면 안 되는가? 종교적으로는 열정적이고 생명 있는 모든 것에 대해 상냥한 그들은 오히려 그렇게 반문할지도 모른다.

달라이 라마와 판첸 라마의 관계에 대한 나의 풀리지 않는 의문은 며칠 후 네팔의 수도 카트만두로 내려와서 어느 정도 실마리가 찾아졌다. 그곳 책방에 들렀다가 우연히 노마치 가스요시라는 일본 사진작가의 『티베트』라는 기록 사진집을 사보게 됐다. 사진 위주의 책이라 글은 얼마 안 됐지만 티베트인이 운전하는 차 안에서 있었던 얘기가 나와 있었다. 카스테레오에서 흘러나온 애조 띤 티베트 멜로디를 운전사뿐 아니라 동승한 티베트 사람들도 극히 자연스럽게 따라 부르기에 그 가사의 뜻을 물어봤다고 한다. 그 노래는 옛날 아주 슬픈 운명을 타고난 형제의 이야기라면서 그 가사를 다음과 같이 해석해주었다고 한다.

1절―형이 아우에게

나는 타국으로 떠나지 않으면 안 된다. 슬퍼하지 말아다오.

아우야. 이것은 전생에서의 인과因果일 테니까. 언젠가 구름 사이로 볕이 드는 날도 있을 테니.

2절―아우가 형에게

나는 여기 남아 있을게요, 형님. 너무 마음 아파하지 말아주세요.

이것도 전생으로부터의 인과겠죠. 한 방울의 물도 결국에는 큰 바다로 흘러들어가는걸요.

3절―티베트 민중이 두 분에게

우리들은 고통을 달게 받겠습니다. 이것이 전생으로부터의 인과니까요. 제발 슬퍼하지 마세요. 하늘의 해와 달 같은 두 분의 지킴 덕으로 우리들의 오늘이 있으니까요.

형이 달라이 라마를, 아우가 판첸 라마를 가리키고 있다는 건 말할 것도 없으리라. 이런 가사의 노래를 차 안의 티베트 사람들은 듣고 또 듣더라는 것이었다. 이른바 애창곡을 통해

읽어낸 당대의 국민정서처럼 정직한 것도 없다고 생각할 때, 이 상냥한 민족에게 외부 세계의 이분법적 사고방식은 폭력과 다름없을 것이다. 해진 후의 달처럼 사랑받던 판첸 라마 10세는 1989년 사망했고, 마침내 그의 환생이라고 믿어지는 어린이가 찾아져 오늘이 그 즉위식이라고 한다. 타시룸포사원 법당에는 벌써 판첸 라마 11세의 사진이 모셔져 있었다. 대여섯 살 정도의 어린이였다. 라마의 고승들이나 유자격자들이 어떻게 부처의 환생을 선출하는지, 아직도 신비에 싸인 그 방법이 다소 의심스럽다 해도 그가 어떤 판첸 라마로 길러지느냐는 티베트 민중에 달렸다는 것은 의심의 여지가 없으리라.

판첸 라마를 단지 타시룸포사원의 주인 자격 정도라고 생각한다 해도 대단한 신분임에는 틀림없었다. 여러 개의 강당과 수행하는 라마승들—오늘날에도 이 절에는 천 명 가까이나 되는 수도승이 산다고 한다—, 어마어마하게 많은 경전이 있다는 도서관, 대장경 판목을 보관하고 있는 건물 등 학구적인 분위기는 이 사원을 규모에서뿐 아니라 품격에서도 다른 절과 구별 짓게 한다. 아까 바티칸과 비교했던 걸 국립대학 캠퍼스 정도로 정정해야 하지 않을까 싶어진다.

판첸 라마의 본찰답게 판첸 라마 1세의 영탑은 크기에 있어서나 별처럼 빛나는 무수한 보석에 있어서나 여지껏 본 어떤 영탑보다도 호사스러웠다. 세계 최대라는 어마어마하게 큰 미륵불에도 그렇게 금은과 각종 보석을 아낌없이 들어부은 걸 보면 도대체 이런 재력은 어떻게 조달할 수 있는지, 밖에서 본 극도로 검약한 서민 생활과 대조되어 혼란스러워진다. 이런 광기에 가까운 종교적 열정은 과학문명 이전, 이 세상에 아직 많은 신비가 남아 있던 때에나 가능했으리라고 여기고 싶으나 이 미륵불의 창조 연대는 1900년대 초로 돼 있다.

그러나 무엇보다도 전율스러운 이 사원의 볼거리는 1989년에 서거한 판첸 라마 10세의 미라이다. 사후 미라로 만든 시신 위에다 금을 입힌 그의 육체는 살아 있는 표정 그대로 눈을 크게 뜨고, 붉은 입술은 굳게 다물고, 한 손엔 종을 들고, 다른 한 손에는 종을 울리는 봉을 쥐고 있다. 티베트 종의 특징은, 흔들어도 소리가 나지만 밖에서 봉으로 종 언저리를 한 바퀴 돌리고 귀기울이면 명부冥府에서 울리는 것처럼 깊고 아득한 소리가 들린다는 것이다. 생전에 설법할 때의 모습이리라. 왼쪽 손목에는 금시계까지 그대로 차고 있다.

치졸한 솜씨로 만들어진 부처도 오랜 세월의 풍상을 겪고 나면 은은한 신비감이 감돌게 마련이다. 그러나 틀림없이 잘 만들어진 이 불상이 풍기는 것은 이상한 귀기 같은 거였다. 괜히 등줄기에 한기가 느껴졌다. 고대의 기술로 신비화시켰던

미라술을 너무도 최근에 써먹었다는 게 혐오스러웠다.

타시룸포사원의 인상을 한마디로 요약한다는 건 불가능할 것 같다. 이랬다 저랬다, 티베트와 티베트 민족에 대해 점점 더 알 수 없어졌다는 게 가장 정직한 고백일 것 같다.

시가체에서 시장 구경을 하기로 돼 있었고 우리 일행은 많은 기대를 걸고 있었다. 예로부터 인도, 부탄 등 이웃나라와의 교역 중심지여서 상업이 발달한 도시라고 한다. 시장 규모도 라싸보다 더 크고 물건도 많을 거라고 했다. 우리 일행은 신기한 구경을 질리도록 많이 한 데 비해서 집에 가지고 가서 자랑할 만한 토산품이나 민예품을 거의 못 산 채였다. 호텔 근처에 으레 몰려드는 보따리장사 규모의 좌판에도 거의 한눈을 팔지 않았다. 아직 아무것도 못 산 허전함을 우리는 시가체에 가서 싹쓸이하자는 농담으로 달래곤 했다.

그러나 플리마켓에서의 자유 시간을 나는 제대로 이용하지 못했다. 한푼만 달라고 몰려드는 거지들이 그렇게 많은 데는 티베트에서도 처음이었다. 질적으로도 가장 집요했다. 어떻게 면해볼 도리가 없었다. 한두 푼 주느라 지갑을 연 게 잘못이라면 잘못이지만 발가벗긴 아이를 안고 이상한 소리로 잉잉대는 애엄마를 나더러 어쩌란 말인가. 그게 화근이었다. 애엄마한테 한 번 주었더니 어디서 맨 아픈 애를 안은 애엄마들만 수없이 나한테로 엉겨붙었다. 그들에게 외국인의 돈은 적선이 아니라 약점이었다. 그가 어떤 부류에 약하다는 걸 간파하고 나면 같은 부류한테 연통을 하는 모양이었다. 헐벗은 아이한테 한푼을 주고 나면 영락없이 고 또래의 헐벗은 아이한테 둘러싸이게 된다. 빨리 한두 가지 사가지고 도망을 치려 해도 거기 장사꾼은 물건값을 빨리 말하지 않는다. 얼마냐고 물으면 나더러 먼저 말을 하란다. "유 스피크, 하우 머치. 유 스피크, 노 프로블럼, 유 스피크"가 그들의 대답이니 미칠 지경이다.

거기서 주로 파는 건 마니차, 티베트 종 등 불구佛具를 비롯해서 터키석·석류석·마노 등으로 만든 장신구, 은세공품, 야크 뼈로 만든 공예품 등 잘 보면 건질 것이 있을 것도 같았지만, 흥정도 흥정이지만 지갑을 여는 것 자체가 겁나고, 못나게 지갑이나 움켜쥐고 우왕좌왕하는 자신이 혐오스러워져서 주어진 자유 시간조차 못 채우고 버스로 돌아오고 말았다. 같은 이유로 벌써 버스에 돌아온 이도 있었지만 버스라고 구걸하는 이들로부터 자유로운 건 아니었다. 나한테도 버스까지 따라온 애엄마가 있었지만 딴 이도 마찬가지였다. 모두들 물건을 한 보따리 산 게 아니라 구걸하는 이들을 줄줄이 거느리고 버스로 돌아오고 있었다.

판첸 라마 즉위식은 어디서 어떻게 거행됐는지 참석할 기회는 주어지지 않았지만 치르긴 치른 모양이었다. 그날 저녁 호텔 식당은 한산했다. 터무니없이 어린 판첸 라마 11세의 사진이 눈에 선했다. 몇 살이나 돼야 그가 구걸하는 동족을 보고 고뇌할 수 있을까?

이 거친 산야를 바람처럼 스쳐가는 이방의 여행자가 어림 짐작하기로는, 티베트 민족은 인간 정신의 저 아득한 심연, 그 극한까지 도달했다가 그 밑바닥을 박차고 높이높이 부처라는 깨달음의 최고 경지까지 상승할 수 있기를 꿈꾸는 민족처럼 여겨진다. 그건 혹독하게 단련된 정신만이 할 수 있는 일이다. 모든 것이 평준화를 지향하는 세계적인 추세 속에서 그들이 추구하는 독특한 정신의 깊이와 높이는 존경받아 마땅하리라. 그러나 그건 어디까지나 개인 구원의 차원이 아닐까. 외부와 단절된 독특한 환경 속에서 나름대로의 방법으로 고루 의식이 충족되고 행복을 향유할 수 있었을 적에 누릴 수 있던 정신 문화였다. 기아선상에 선 어린이와 애엄마가 이민족의 소매에 매달려 구걸해야만 일용할 양식을 해결할 수 있는 치욕적인 상황에서도 그들의 종교가 마냥 개인 구원의 차원에만 머물러 있다면 누가 그들의 종교를 존경은커녕 존재 가치라도 인정할 수 있겠는가. 그들의 열정적인 상승 욕구를 평면적인 이웃한 태도 좀 확산시켰으면 싶었다.

이방인이 티베트에서 장려한 사원과 수많은 불상을 보는 일은 눈에는 최고의 사치요 충격이었지만 그 이상은 되지 못했다. 마음의 평화나 기쁨은 못 느꼈다. 호화와 사치를 극한 불상과 이 땅의 극빈층하고 저절로 대조가 되니까 불상에서 느끼고 싶은 자비를 느낄 수가 없었기 때문이었다.

모독

텅그리는 파노라마처럼 펼쳐지는 히말라야산맥을 가장 잘 바라볼 수 있는 전망대 같은 지방이라고 한다. 시가체에서 그곳까지 가는 동안은 우리 일행에게는 고난의 길인 동시에 가장 행복하고 평화로운 여정이기도 했다.

고난의 길이었던 까닭은 버스가 자주 기관 고장을 일으켰기 때문이다. 닛산 버스와 함께 티베트 쪽에서 나온 운전사는 온순하고 선량한 티베트 청년이었지만, 겨우 운전을 할 줄만 알지 차의 기관에 대해선 아무것도 모르는 듯했다. 다행히 얄룽창포강 배 위에서 우리 일행을 기아선상에서 구해준 사장님이 차에 대해서도 아는 게 많아 손수 응급조치를 취해 차를 움직이도록 했다. 길이 끊어진 곳이 왜 그렇게 자주 나타나는지

툭하면 내려서 버스를 밀지 않으면 안 되었다. 운전대는 사장님과 운전사가 번갈아 잡았다. 우리는 운전사가 운전을 할 때 차가 더 말썽을 일으키는 것 같아 조마조마했지만 그 청년은 되레 늘 웃는 낯이었다.

이곳의 땅기운이 우리에게도 옮아 붙었는지 그 와중에도 히말라야가 가까워질수록 마음속에선 이상한 흥분과 조바심이 일고 있었다. 팅그리까지 가는 길은 라싸에서 장채까지의 아찔한 오르막길과는 달리 광활한 고원이 이어졌고, 어쩌다 평화로운 마을이 나타나기 전에는 평야라는 느낌보다는 황야라고 해야 맞을 거친 암갈색의 불모지가 이어졌다.

불모지 저멀리 아득한 곳에 사람이 남긴 자취라기보다는 자연의 침식작용이 남긴 미국 서부의 모뉴먼트 밸리를 연상시키는 조형물이 보일 적이 있는데, 안내인 말에 의하면 문화혁명 때 파괴된 절의 유적이라고 한다. 우리가 본 사원은 정책적으로 복원되거나 파괴를 면한 극소수의 사원이고 거의 대부분의 사원이 문화혁명 때 무자비한 파괴를 못 면했다고 한다. 그런 폐허가 지평선에 나타날 때마다 곧 사라질 신기루처럼 안타까워하면서 카메라를 들이대고 싶어하는 여행객의 감상은, 이미 휩쓸고 간 폭력에 비하면 얼마나 연약하고 얄팍한가.

그러나 어쩌다 나타나는 마을은 그지없이 평화롭다. 야크 똥으로 덧칠한 흰 벽도 보기 좋고 집집마다 내건 오색의 깃발이 바람에 날리는 모습도 보기 좋다. 아무리 작은 마을이라도 불탑이 중심이 돼 있고, 고개마다 돌무더기와 오색 헝겊을 단 줄로 화려하게 장식을 하고 있고, 진언 옴마니반메훔이 새겨진 돌들도 흔하게 뒹굴고 있다.

성황당 같은 돌무더기는 고개마다 있는데 고개는 바람이 통과하는 구멍 노릇도 하는 것 같다. 흔들어댈 나무도, 사람의 집 문짝도, 전깃줄도 없는 바람은 허공에서 외롭게 제 목소리를 낸다. 공기 중에 흔들어댈 불순물조차 없어 조금도 굴절되지 않은 바람의 정직한 목소리를 누가 들어보았는가. 수많은 신을 만들어낸 이곳 사람들을 이해할 수 있을 것 같다. 허공에 모습을 드러냄 없이 어떤 거대한 힘을 과시하는 소리를 듣고 있으면 저절로 바람의 신을 떠올리게 된다. 어떤 바람소리는 바람의 신이 휘파람을 부는 것 같고, 어떤 바람은 바람의 신이 거대한 날개를 펄떡이는 소리로 들린다.

이 척박한 땅에서 목초를 찾아 양떼를 몰고 이동하는 유목민의 텐트를 심심찮게 볼 수 있는 것도 팅그리 지방이다. 텐트 속에는 천여 년 전에도 그렇게 살았을 것이 틀림없는 최소한의 원시적이고 간략한 도구밖에 없고, 옷뿐 아니라 피부까지도 반들반들한 때로 한 꺼풀을 입고 있는 유목민은 구걸하지 않는다. 섣불리 뭘 주었다가는 무슨 무안을 당할지도 모른다는 생각이 들 정도로 도도한 표정을 하고 있는 이도 있다.

순례객들과 만나는 빈도가 늘어나는 데서도 히말라야가 가까워지고 있다는 걸 느끼게 된다. 불교 성지인 카일라스산으로 향하는 순례자들은 여러 날이 걸리기 때문에 사원을 참배하는 사람들보다는 짐이 좀 있는 편이다. 혼자서 가는 사람도 있지만 마을 단위의 대규모 순례단도 있다. 이런 순례단은 마차에다 짐이나 아이들을 태우고 몇 날 며칠씩 걸어서 간다. 카일라스산까지만 걸어서 가고 거기서부터 성스러운 산을 한 바퀴 도는 길은 오체투지로 기는 사람도 많다고 한다. 그런 사람들은 팔꿈치나 무릎, 손바닥에 대도록 만든 질기고 두꺼운 천을 사용한다. 가지고 있는 짐이 거치적대면 하루 동안에 오체투지해서 갈 수 있는 거리까지 걸어서 미리 짐을 옮겨놓고, 처음 지점으로 돌아와서 오체투지로 짐이 있는 데까지 가는 방법을 쓴다고 한다. 더 열렬한 신자나 명상가 중에는 평생의 목표를 자기가 사는 고장으로부터 카일라스산까지 오체투지로 가는 걸로 세우기도 한단다.

인도에서 카일라스산까지 이십 년이 넘게 걸려도 그걸 실행할 계획을 세우고 있는 사람이 있다니 그저 놀라울 따름이다.

우리가 초모랑마(에베레스트)에 대해 외경심을 갖는 것은 세계의 최고봉이기 때문이지만 인도나 티베트, 네팔 등 힌두교와 불교 문화권에서는 카일라스산을 창조의 근원이라고 생각하고 일생에 한 번이라도 순례하기를 열렬하게 소망한다. 순례의 길이 고통스러울수록 죄가 정화된다고 믿어 고통보다는 법열을 느낀다고 한다. 그들처럼 최소한의 소유로 단순 소박하게 사는 민족도 없다 싶은데 이런 엄청난 죄의 대가를 지불하려 들다니, 그들이 느끼고 있는 죄의식이 어떤 것인지 우리 같은 죄 많고 욕심 많은 인간에겐 상상이 미치지 않는 영역일 듯싶다.

티베트 서부 오지의 카일라스산을 이해하기 위해서는 우리의 얕은 불교 상식으로도 낯설지 않은 수미산須彌山이라고 생각하면 될 것이다. 이곳 사람들이 오체투지라는, 엄청나게 체력 소모가 크고 고통스러운 방법을 통해 이루어지기를 소망해 마지않는 것도 다시 인간으로 태어나는 것이라니, 온갖 안락과 사치를 누리면서 염세로 자살을 하거나 인간 혐오증에 걸리는 수가 많은 부자 나라의 실상과 비교해서 여간 아이로니컬한 일이 아니다.

우리하고 어울려 쉬기도 하고 손짓과 표정으로 의사소통도 한 순례단은 한 마을 단위의 대규모 순례단이었다. 워낙 인구가 희박한 지역이라 대규모라고는 하지만 어린이와 노인까지

다 합해서 삼십 명 안팎이었다. 마침 마차에 싣고 온 간단한 취사도구를 내려놓고 식사를 하고 있었다. 식단은 라이보리를 가루로 만든 그들의 주식 참파하고 버터차하고 약간의 육포가 전부인 간소하고 휴대하기에 편한 거였다. 한끼 식사가 거창한 우리 상식으로는 정식 식사라기보다는 스낵 같은 느낌이 들었다. 호기심으로 구경을 한다는 게 그만 그들의 식사를 축내게 되었는데, 얻어먹을래서가 아니라 그들이 뭐라도 먹이고 싶어서 거절할 수가 없었다. 예전 우리 농촌에서 지나가는 방물장수도 맨입으로 보내지 않고 먹던 밥그릇에다 숟가락만 하나 더 꽂아서 붙들어 앉히던 인심하고 같아서 정이 갔다. 참파를 거절했더니 라이보리 볶은 것을 주었다. 볶은 것과 튀긴 것의 중간쯤 되는 구수한 맛이었다. 주머니에 넣고 다니면서 주전부리하기에 알맞았다.

동료 작가 이경자는 버터 덩어리 같은 걸 얻었는데 떼어서 맛을 보니 꿀이었다. 그들도 꿀은 소중하게 여기는 먹거리인 듯 엄지손가락 크기밖에 안 되게 조금 주었지만 진짜 토종꿀임은 의심할 여지가 없었다. 카일라스산까지는 몇 날 며칠이 걸릴지 모르는데도 그들의 간소한 짐에는 텐트나 이불 같은 것은 보이지 않았다. 우리 같은 허약체질이나 밤에 기온이 내려가는 걸 겁내지 계절적으로 여름이었다. 노숙하기에 알맞은 계절일 것이다.

이경자는 또 우수 어린 미모의 티베트 청년으로부터 목걸이와 반지도 선물로 받았다. 이경자가 그의 장신구를 보고 참좋다는 몸짓을 했더니 그 자리에서 벗어주었다. 그는 물론 아무런 대가도 요구하지 않았다. 그런 일을 겪고 나니 우리한테 구걸하던 수많은 사람들에 대해서도 다시 생각하게 되었다. 비루한 거지근성만 같아서 넌더리가 났었는데 그게 아니라 있는 자에 대한 없는 자의 당당한 요구였다면 어쩔 것인가.

이래저래 티베트는 신비의 나라라기보다는 나에게는 버거운 난해한 나라였다. 국경이 가까워서 그런지 중국 군인과 군대가 주둔한 건물이 많은 것도 팅그리 지방의 특징이었다. 중장비 차를 가지고 도로를 건설하고 있는 것도 군인들이었고, 공무원이나 상인들이 한족 일색인 것도 이쪽이 더 심한 것 같았다. 제 땅을 다 중국에 내주고 순례만 하면 제일인가, 하는 생각도 들었다. 유목민이나 순례자들의 순하디순한 표정에 비해 대체적으로 거만하고 방약무인해 보이는 한족들을 보면 절로 그런 생각이 들었다. 우리 땅이 남의 식민지였을 때 우리나라에 들어와 요직과 부를 차지한 일본인들의 표정도 그렇게 방약무인했었다.

팅그리 못미처 랏채라는 도시에서 점심식사를 할 때였다.

처음부터 마음에 안 드는 도시였다. 한눈에 들어오는 작고 누추한 고장이었지만 그래도 도시라고 또 그렇게 할 일 없이 구걸을 일삼는 티베트 사람들 천지였다. 여행도 후반으로 접어들어 지칠 대로 지친 우리는 점심으로 라면을 먹기로 했지만 취사도구도 없이 길에서 먹을 수는 없는 일이었다. 길가의 작은 식당으로 들어가 요리를 몇 접시 시키고 물을 끓여줄 것을 부탁했다. 물론 중국 사람이 경영하는 식당이었다. 느글느글 기름이 흐르는 요리가 꽤 여러 접시 나왔다. 보기만 해도 라면에다 김치라도 넣어 먹어야 비위가 가라앉을 것 같아서 우리 쪽에서 몇 명 부엌으로 들어가 직접 라면 요리를 했다. 그동안 손도 안 댄 요리 접시가 민망한 것은, 음식 찌꺼기를 바라고 문 앞에 수도 없이 모여 선 거지떼들 때문이었다. 어떻게 그렇게까지 배고프고 비참한 얼굴로 음식 접시를 바라고 섰는지. 그들은 다들 티베트 여자나 아이들이고 식당 주인은 한족 부부였다. 여자는 화장이 짙고 피둥피둥 거만한 여자였는데 티베트 사람 보기를 버러지 보듯 했다.

우리는 라면에다 김치를 섞어서 먹고 그 집 요리는 거의 다 남겼다. 굶주린 사람들이 호시탐탐 노려보는 앞에서 먹을 걸 남긴다는 데 죄의식을 느꼈지만 남긴 음식이 그들한테 갔으면 하는 한 가닥 바람도 없지 않았다. 결국 그들에게 가긴 갔다.

그 방법이 문제였다. 우리가 남긴 라면, 김치 국물을 한데 모으더니 거기다 남은 자기네 요리를 한꺼번에 쏟아부었다. 그렇게 개죽같이 만든 걸 그들에게 안겼다. 그러나 그건 몇 사람한테밖에 차례가 가지 않았을 것이다. 그 몇 사람도 어디 가서 분배의 문제로 싸울지도 모른다. 아귀다툼, 아귀지옥에 빠지는 걸 가장 두려워하는 사람들의 아귀다툼은 어떤 것일까? 그 심통 사나운 한족 여주인의 얼굴에는 그것까지 계산한 교만한 쾌감이 적나라하게 나타나 있었다.

그 여자가 한 짓은 적선도 보시도 나눔도 아니었다. 같은 인간에게 그럴 수는 없는 일이었다. 그건 순전히 인간에 대한 모독이었다.

먼저 그 개죽 같은 게 얻어걸린 이들은 도망치듯이 사라졌지만 아직도 아무것도 못 얻어 가진 이들이 문간에 남아 있었다. 우리는 그들에게 빈 페트병, 스티로폼 라면 용기라도 내주지 않으면 안 되었다. 밖으로 나와보니 이 작은 도시 여기저기 뒹구는 게 화학연료의 마지막 쓰레기인 비닐 조각, 스티로폼 파편, 찌그러진 페트병 따위 생전 썩지 않는 것들이었다. 뚱뚱한 식당 주인을 나무랄 자격은 아무에게도 없었다. 우리의 관광 행위 자체가 이 순결한 완전 순환의 땅엔 모독이었으니.

당신들의 정신이 정녕 살아 있거든 우리를 용서하지 말아주오, 랏채를 떠나면서 남길 말은 그 한마디밖에 없었다.

랏채까지는 대평원이었으나 그다음부터는 협곡이나 계곡과 단애를 낀 굴곡이 심한 오르막길이었다. 차가 언제 무슨 변덕을 부릴지 몰라 줄창 조마조마했다. 중간에 주유소가 없어 국경까지 갈 만한 연료를 싣고 다닌다고는 하나 그것도 충분치 못하다는 거였다. 한없이 선량해 보이는 티베트 운전사는 차를 움직이게 하는 운전 기술 외에 차가 움직이는 원리나 부품에 대해서는 전혀 맹무니였다. 그 기계 속에 정통한 사장님이 우리 일행인 게 얼마나 다행인지 몰랐다. 사장님 말에 의하면 연료가 달랑달랑하는 것도 운전 미숙 때문이라는 거였다. 오르막길에서는 어떻게 하고 내리막길에서는 어떻게 해야 된다고, 조수석에 앉아 누누이 가르치고 있었지만 그가 알아들은 것 같지는 않았다. 나중에는 기사를 조수석에 앉히고 사장님이 운전대를 잡았다. 우리는 사장님이 운전대를 잡으면 마음이 놓여 바깥 구경도 하고 낮잠도 즐길 수가 있었다. 그러나 하도 중국 군인들이 많은 고장이라 혹시 걸리면 그것도 위법이 되지 않을까 걱정이 되기도 했다. 여기서 만일 차가 전혀 안 움직이게 된다고 상상만 해도 아찔했다.

아아, 초모랑마

틴그리는 여지껏 우리가 머문 고장 중 고도가 가장 높다고 했다.

여독과 고산병 증세가 겹쳐 모두 탈진 상태였다. 계단을 오를 때가 가장 힘들었다. 한 발짝을 오를 때마다 쉬면서 차오르는 숨을 조절해야만 했다. 식당에 가는 것도 귀찮아 끼니도 거르고 싶었다. 의욕 상실이었다. 자기 전에 베개만한 산소통을 지급받았다. 지금까지 받은 산소통 중 가장 큰 거여서 그것만 풀어놓으면 방안에 산소가 충만한 상쾌한 느낌이 올 줄 알았는데 아무렇지도 않았다.

그러나 밤하늘의 별은 놀라웠다. 세상을 잘 만나 여기저기 돌아다녀본 데도 많고 지상의 모습뿐 아니라 밤하늘의 모습도 나라마다 다르다는 것을 알게 됐지만 틴그리의 밤하늘처럼 신비하게 별이 빛나는 것은 처음 보았다. 잃었던 유년기의 신비까지 가슴으로 쏟아져내리는 것 같았다. 혹독한 기후를 견디며 불모의 황원에서 노숙하는 유목민도 저런 밤하늘을 이고 자리라. 그들의 상상력이 화려 찬란하고도 천상적인 까닭을 알 것 같았다. 그들 상상력의 총집결이 그 장엄하고도 사치를 극한 사원의 불상들이 아닐까.

다음날도 히말라야산맥을 전망하기에 좋은 쾌청한 날씨였다. 우리가 에베레스트라고 부르는 히말라야 최고봉을 여기서는 초모랑마라고 한다. 에베레스트는 그 산이 최고봉이라는 걸 발견한 서양 사람의 이름에서 따온 거라고 한다. 세균이나 바이러스만 발견해도 거기다 제 이름을 붙이고 싶어하는 게 서양 문명이니까 어련했겠는가. 그러나 초모랑마는 최고봉이라고 발견되기 전에도 최고봉이었고, 이름이 붙여지기 전부터 거기 있었다. 에베레스트는 칠성이가 미국 가서 리처드가 된 것 같은 이름이니 본고장에서는 초모랑마라고 불러주는 게 예의일 것 같았다.

티베트 특유의 깊고 장엄한 하늘을 이고 순결한 은빛으로 빛나는 히말라야의 대 파노라마 앞에 우리는 조용히 숨을 죽였다. 너절한 수다를 떠느니 침묵으로 오체투지하는 게 이 위엄과 미를 아울러 떨치고 있는 세계의 지붕에 대한 예의일 것 같았다. 초모랑마에 연이은 눕체, 칸첸중가, 초오유 등의 거봉 등이 다 은백색으로 빛나는데 초모랑마만은 오렌지색에 가까운 색을 하고 있었다. 상냥한 은백색에 비해 그게 도리어 무장을 하고 정좌한 장군처럼 장한 기상과 위엄을 떨치고 있는 것처럼 보였다. 초모랑마의 티베트 쪽 면은 거의 직벽으로 돼 있어서 눈이 쌓일 수가 없기 때문에 그렇게 보인다는 게 안내인의 설명이었다.

최고봉에다 직벽이라니, 그건 인간의 섣부른 접근을 불허하는 산의 준엄한 경고일 터였다. 그러나 산악인에겐 그 직벽이 오히려 도전하고픈 유혹을 참을 수 없게 한다는 것이었다. 우리나라에선 허영호가 티베트 쪽으로 해서 초모랑마 정상에 오르고, 내려올 때는 네팔 쪽으로 내려왔다고 한다. 그가 정복한 게 아니라 초모랑마가 그를 허락했으리라.

우리가 세계의 지붕이라고 부르는 이 티베트고원은 오천만 년 내지 일억 년 전에는 바다였다고 한다. 그럼 인도 대륙은 자연히 거대한 섬이었을 것이다. 거대한 섬이 무슨 까닭으로인지 북진을 해 아시아 대륙과 충돌을 하면서 그 힘으로 바다 밑이 솟아올라 광대한 고원이 됐다고 한다. 그 증거가 되는 어패류의 화석이 지금도 이 고원 여기저기서 많이 발견되고 그건 지금도 이곳 시장의 중요한 관광 상품이 되고 있다.

오늘 아침 우리 숙소에도 마을 소년이 가져온 암모나이트를 우리 일행 중 치과의사가 사가지고 우리에게 자랑시킨 바가 있었다. 도대체 바다 밑을 세계에서 제일 높은 땅으로 밀어올린 에네르기란 어떤 것이었을까. 땅의 광란이었을까? 하늘의 분노였을까? 그 해답을 성적인 에너지에서 찾은 게 티베트 사람들이 아닐까. 이 땅을 생성한 그 엄청난 기운이 이 거친 땅에 몸 붙이고 살게 된 사람들의 의식에 옮아 붙지 않았을 리가 없다. 이곳 사람들의 최고 성지 카일라스산도 남성적 에너지의 상징이니만치 반드시 여성적 에너지의 상징인 마나사로와르 호수와 짝을 이루어 숭배받는다고 한다. 흔히 우리가 탄트라불교라고 말하는 티베트불교에서는 몇 단계의 깨달음을 거친 마지막 경지, 즉 해탈의 경지를 시바 신男神과 샥티 신女神의 성적인 에너지가 합일된 경지로 본다고 한다. 그렇지만 그들이 그렇게 열정적으로 신앙하는 성적인 것은 쾌락적인 기능보다는 창조적인 기능에 있을 것이다. 이 척박한 고장에서는 살아 있는 모든 것이 신비이고, 혼자서는 존재할 수 없고 서로 의지하고 있다는 걸로 귀하지 않은 게 없다.

우리가 지금 가고 있는 네팔은 한없이 우아하게, 그러나 아무도 넘볼 수 없는 위용으로 버티고 서 있는 히말라야산맥 저 너머이다. 다행히 네팔로 통하는 오천 미터급의 협곡이 있다고 한다.

고도가 오천 미터가 넘으면 거의 아무것도 자라지 않는 게, 달나라의 풍경을 연상시킨다. 그래도 지구란 좋은 데다. 자세히 보면 이끼가 있고, 이끼 위에 거짓말처럼 꽃이 피어 있다. 마치 암녹색 융단 위에다 수를 놓은 것처럼 그들은 꽃대가 따로 없이 이끼와 같은 높이로 겸손하게, 그러나 선연하고 강인하게 피어 있다.

오천이백 미터 높이를 통과하고 나자 길은 급경사가 지기 시작했다. 그날 안으로 국경도시 장무까지 가야 하는데 장무의 고도가 천오백 미터라니 거기서 산소가 넉넉한 공기를 호흡할 수 있을 생각을 하면 가슴이 다 두근거렸다. 그동안 잘 견디어온 우리끼리 서로 축배라도 들어야 할 것 같았다. 그러나 우리의 말썽꾸러기 버스는 내리막길을 더 힘들어했다. 가다가는 서고 가다가는 서서 사람이 내려서 밀어줘야 움직이는 건 그래도 참아줄 만한데 요지부동 서버리는 빈도도 잦아졌다. 티베트 운전사가 운전대를 놓은 지는 오래고, 사장님이 운전을 전담하고 있었는데 차가 그렇게 고약하게 굴 때마다 무슨 수를 써서든지 움직이게 하는 것도 사장님의 전담이었다. 그 일이 보통이 아니었다. 차 밑으로 들어가 누워서 고치기도 하고, 차 안에서 기관의 뚜껑을 열고 뭐가 막혔는지 기름이 통하는 호스를 입으로 빨기도 했다. 현지 운전사는 그럴 때도 아무런 쓸모가 없었고 우리도 마찬가지였다. 내려서 밀라고 할 때마다 그래도 조금이나마 그에게 도움이 될 수 있을 뿐이었다. 그가 없었다면 우리 일행의 여행은 어떻게 됐을까 생각만 해도 아찔했다.

버스가 말썽을 안 부렸다 해도 운전 솜씨를 익힌 지 얼마 안 되는 미숙한 기사에게 목숨을 맡기기에는 너무도 위험한 길이었다. 오천 미터에서 천오백 미터까지의 급경사면을 직선으로 찻길을 낼 수는 없는 일, 당연히 구곡양장의 꼬부랑길에다 한쪽은 단애고 한쪽은 천야만야한 낭떠러지였다. 사장님이 운전대를 잡았으니까 농담도 하고 경치 구경도 하지 그렇지 않았으면 불안해서 지레 간이 졸아붙고 말았을 것이다.

언제 또 고장이 날지 조마조마한 중에서도 감동의 환호성이 절로 나온 것은, 조금씩 보이기 시작한 녹색 때문이었다. 먼저 키 작은 나무들이 나타나고 활엽수림으로 바뀌는데 우주여행에서 지구에 안착한 것만치나 감격스러웠다. 아뜩한 낭떠러지 밑 계곡엔 위에서 보기에도 속도가 무시무시한 격류가 흐르고, 그 격류를 향해 사방에서 곧장 내려꽂히는 무수한 폭포는 실로 장관이었다. 히말라야에서는 최소한 칠천 미터는 넘는 봉우리라야 이름이 붙지 그 이하는 다 무명의 산이라고 하던데, 이 장대한 폭포들도 마찬가지일 것 같다. 몇백 미터짜리 폭포라 해도 하늘에서 거꾸로 뿜어대는 분수 줄기처럼 무수하니 무슨 수로 이름이라도 얻어가겠는가.

차가 고장날 때마다 고생은 사장님 혼자서 하고 우리는 내려서 숲의 나무와 풀을 보고 즐거워했다. 우리나라 산야에서 흔히 보던 잡초와 들풀이 그렇게 반가울 수가 없었다. 실은 내

나라에서 조금 더 멀어졌는데도 문턱까지 다 온 것 같은 기분
이 들기도 했다.

야생란을 캔 사람도 있었지만 나는 싱아를 발견했다. 소설
제목으로 쓴 후 실물이 어떻게 생겼는지 궁금해하는 소리를
여러 번 들었는데 아무에게도 속시원히 보여주지 못했다. 서
울 근교에서 비슷한 풀을 발견하고 줄기를 먹어보려 해도 비
리비리 메말라 이게 정말 어려서 내가 주전부리하던 그 싱아
일까, 긴가민가했었는데 영락없이 어린 날의 그 싱아가 풀섶
에 지천으로 나 있지 뭔가. 살진 줄기에 물기도 많아 꺾어서
먹어보니 바로 그 맛이었다. 이경자한테도 바로 이게 싱아라
고 맛을 보였더니 새콤달콤한 게 먹을 만하다고 한다. 그러나
맛만 보고 많이 먹지는 않았다. 토양에 따라 독소가 있으면 어
쩌나 싶은 조심성 때문이었다.

천지가 녹색으로 변하면서 버스 고장도 겁나지 않았지만
도중에 너무 많이 지체를 하다보니 장무에 도착하기 전에 날
이 저물었다. 어둑어둑한데 이번에 고장난 건 호락호락하지
않은 것 같았다. 장시간 버스 밑에 들어가 악전고투를 하던 사
장님이 가이드한테 장무까지 걸어서 얼마나 걸리겠느냐고 물
어보는 게 심상치가 않았다. 도움을 청하거나 편승할 차가 전
혀 없는 산중이었다. 다행히 걸어도 한 시간밖에 안 걸리는 거

리라고 했다. 그 정도면 자신 있었다. 혼자도 아니고 여럿이 그까짓 내리막길 한 시간 정도 걷는 것도 재미있을 것 같았다. 씩씩하게 걷고 있는데 뒤에서 빵빵거리며 버스가 따라왔다. 단념을 안 하고 집요하게 고치던 사장님이 마침내 성공을 한 모양이었다.

만일 그때 버스를 못 고쳤으면 어쩔 뻔했나 생각만 해도 아찔한 건, 다시 차를 타고 나서는 차의 컨디션이 비교적 양호했는데도 장무까지 두 시간이 넘게 걸렸기 때문이다. 걸어서 한 시간이라는 계산이 어떻게 나왔느냐고 가이드한테 물었더니, 그가 차고 있는 고도계가 측정한 고도와 장무시의 고도로 미루어 거리를 짐작해보니 그 정도면 충분할 줄 알았다는 것이었다. 매사에 용의주도하고 해박한 가이드였지만, 길이란 폭포의 통로처럼 직선일 수 없는 일이니 그 굴곡의 계산을 무슨 수로 정확하게 하겠는가.

장무는 티베트라고는 믿어지지 않게 흥청거리고 활기가 넘치는 고장이었다. 밤에 도착했기 때문에 산중의 깎아지른 듯한 벼랑을 타고 발달한 도시가 마치 불 밝힌 거대한 빌딩처럼 보였다. 노래방도 있는 것일까, 어디선가 질탕한 풍악 소리가 밤새도록 들리고, 술 취한 소리, 떠드는 소리도 들렸다. 아침에 깨어보니 길가에 즐비한 상점은 자본주의 세상의 상품들로 풍성했다. 그러나 대부분의 상인은 중국 사람도 티베트 사람도 아닌 네팔 사람들이었다. 이마에 빨간 점을 찍고 전통의상으로 화려하게 단장한 네팔 여자들이 마치 고향 아줌마처럼 반갑게 느껴지는 이상한 아침이었다. 그러나 국경 세관에서 잔뜩 거드름을 피우며 오만불손한 태도로 우리의 여권을 심사하는 세관원은 죄다 새파랗게 젊은 한족이었다.

이제 그 말썽꾸러기 버스하고도 작별이었다. 버스와는 상관없이 티베트 운전사와 안내양을 우리는 다들 좋아하고 정도 들었기 때문에 마음으로부터 작별을 아쉬워하면서 따뜻한 포옹을 나누었다. 괜히 가슴이 뭉클하면서 우리와의 만남이 저들에게 무엇이 되어 남을까 걱정이 되었다. 우리의 관광 작태가 저들에게 모독이나 되지 않았으면 좋으련만. 나에겐 아직도 랏채에서의 기억이 상처처럼 생생하고도 고약했다.

누가 시켜서 하는 걱정은 아니었다 해도 쓰레기 문제는 줄창 나를 가위눌리게 했다. 썩지 않는 쓰레기들이 싫고 무섭고 꼭 그 쓰레기 때문에 뭔가 불길한 일이 터지고 말 것 같았다. 하여 쓰레기가 없는 고장, 모든 것이 완전 순환되는 고장이 있다는 건 이상향에 관한 정보나 마찬가지였다. 그러나 막상 내가 본 이상향은 쓰레기 더미에 깔려 죽을지언정 도달하고 싶지 않은 곳이었다. 이상향이란 이 세상에 있지 않은 곳, 곧 천국이 아닐까? 천국에 들어갈 자격을 왜 그렇게 가혹하게 제한했는지 알 것 같다. 나는 천국에 들기에는 너무 많이 가지고 있구나.

자본주의 냄새가 물씬 나는 네팔 땅을 밟으면서 고작 그따위 생각이나 했다.

신들의 도시
―카트만두 기행

    지도상으로 보면 네팔은 히말라야산맥의 중부 남쪽에 위치하고 북쪽으로는 중국과 맞닿아 있고 동서남 삼면은 인도와 경계를 이루고 있어 유럽에 비해 훨씬 짧은 시간 안에 갈 수 있을 것처럼 보였다. 그러나 직항 노선이 없어서 네팔 항공으로 갈아타려면 시간이 만만치 않게 걸린다. 방콕에서 하룻밤을 자야 했으므로 카트만두까지 이틀이 걸린 셈이었다.

    카트만두는 결코 시간 속에 묻힌 고대도시가 아니었다. 일국의 수도라기보다는 선진국의 폐차장을 방불케 했다. 선진국 중에는 당당히 우리나라도 포함돼 있어서 국내에선 똥차 명단에도 못 낀 지 오래인 '브리사'가 버젓이 영업을 하고 있었다. 거리를 뒤덮은 고물차들이 재주껏 곡예 운전을 하면서 내뿜는 매연이 카트만두 분지 상공을 빠져나가지 못하고 자욱하게 고여 있어서 히말라야는커녕 가까운 산들도 잘 안 보였다. 없는 나라 차가 없다고 할 정도로 각국의 고물차들을 다 볼 수 있는 까닭 중 하나는 유럽의 젊은이들이 낡은 차나 버스를 한 대 사가지고 나라마다 색다른 풍물을 즐기며 지구를 반 바퀴 도는 긴 여행 끝의 종착역이 바로 카트만두이기 때문이란다. 타고 온 차를 여기서 팔면 그동안의 여비뿐 아니라 돌아갈 비행기표 값까지 떨어질 정도로, 아무리 고물차라도 차 값이 비싼 게 이 나라라고 한다. 바퀴 달린 건 아직 자전거도 못 만든다는 이 나라의 비극이다. 공업화하고 상관없는 공해여서 더욱 민망하다.

교통 혼잡 속에서 좀처럼 속도를 못 내는 차 안에서 내다만 보아도 이 나라 사람들이 얼마나 오랫동안 신과 영원에 대한 동경과 경건한 마음을 잃지 않고 이 도시에 몸 붙이고 살았나를 도처에서 느낄 수가 있다. 우리 아이들과 다름없는 복장을 한 초등학생으로부터 길가에 우두커니 서 있는 노인이나 화려한 전통의상을 입은 아가씨에 이르기까지 거의가 이마에 새빨간 곤지를 찍고 있고, 그건 아침에 기도를 하고 나왔다는 표시라고 한다. 거리는 다갈색의 침착한 목조건물이 많고, 조금이라도 눈에 띄는 집이나 사원은 신당이고, 이 분지를 에워싼 산에서 카트만두를 굽어보고 있는 것도 사원이나 불탑이다. 특히 푸른 언덕 위에서 이 도시를 굽어보고 있는 불탑 스와얌부나트는 뭐라고 말할 수 없이 신비스럽다. 분지를 빠져나가지 못하고 고여 있는 매연도 이 사원을 신비롭게 감싸는 베일 같은 구실을 한다.

사원이고 신당이고 궁궐이고 상가고 세월의 더께 아니면 도저히 못 낼 그 참중한 다갈색으로, 또는 시간에 짓눌린 그 삐딱함으로 이곳이 비단 일국의 수도일 뿐 아니라 유서 깊은 고도古都임을 말해준다.

카트만두에 온 관광객들은 대개 제일 먼저 더르바르광장을 찾게 된다. 이 나라 특유의 목조건물의 진수를 볼 수 있는 곳이기도 하고, 역사와 현재가 함께 화해롭고도 명랑하게 살아 숨쉬는 곳이기도 하다. 이 광장을 구왕궁광장이라고도 하고 하누만 도카라고도 하는데, 입구에 원숭이 신인 하누만상이 있어서 붙여진 이름이라고 한다. 빨갛게 칠해진 하누만상한테 뭔가를 열심히 비는 사람들을 볼 수 있다. 17세기 초에 건조됐다는 왕궁과 사원이 다 목조로 된 중층 건물이어서 창틀이나 칸막이의 복잡하고 아기자기한 조각이 돋보인다. 인도 쪽으로만 내려가도 대리석을 가지고도 레이스 뜨기처럼 미려하고 섬세한 부조를 한 난간이나 칸막이가 얼마든지 있다는 것을 아는 관광객들에게는 별거 아닌 걸로 보일 수도 있을 것이다. 그러나 우리 전통 가옥의 나무 문짝이나 덧문 창살의 단순하면서도 기품 있는 멋에 익숙해진 눈으로 볼 때는 나무의 소박함을 최대한으로 살린 기교에 친근감을 갖게 된다.

그들이 나무 문양을 얼마나 좋아하고 있는지는 현대건축을 봐도 느껴진다. 일급 호텔의 엘리베이터 문이나 객실의 창문이 다 그들 특유의 정교한 목조각품으로 되어 있다. 우리가 고가의 덧문을 떼어다 아파트의 칸막이로 이용하는 것과 비슷한 듯하지만, 우리는 옛것을 이용하거나 현대에다 억지로 꼬아다 붙이지만 그들은 생활 속에 그냥 이어오고 있는 게 다르다.

역시 나무 문양이 정교한 궁전 창문으로는 나무로 깎은 시바 신과 샥티 신이 광장에 모인 군중을 향해 답례하는 포즈로 내다보고 있다. 자세히 보면 왕의 한 손은 왕비의 젖가슴 위에 넌지시 얹혀 있다. 광장에 있는 사원 추녀 밑을 둘러싼 채색된 부조도 적나라한 성애의 장면들인데, 체위가 다양할 뿐 아니라 한 남자가 복수의 여자와, 한 여자가 복수의 남자와, 심지어 인간과 짐승의 교접도 있다. 그런 그림들이 다만 유쾌할 뿐 음란하지도 기괴해 보이지도 않는다. 남녀의 성적 결합을 신과 지상에 존재하는 것들과의 행복한 합일로 보고 찬양한 밀교 사상을 반영한 것일 듯싶다.

이 광장 안에 있는 오래된 목조 사원의 이름은 가스타만다프라고 하는데, '카트만두'라는 수도 이름이 거기서 유래됐다고 한다. 사원 전체가 아주 큰 한 그루의 나무로 지어졌다는 전설이 있기도 하다. 왕궁과 유서 깊은 사원들이 모여 있는 이 광장은 시정의 잡답으로부터 격리되거나 특별히 보호됨이 없어 시장통과 다를 바가 없다. 과일장수도 있고 민예품 장수도 있고 그냥 이 화창한 날을 즐기며 담소를 나누는 사람들도 있고 네팔의 고유한 악기를 연주하는 사람도 있다. 다갈색의 목조건물들은 정교한 창틀마다 먼지가 두툼히 앉아 있고, 삐딱하게 기운 것도 있지만, 안팎의 번화한 인기척 때문에 현재 사람이 거주하는 집 같지, 고적 같은 느낌이 별로 안 든다.

힌두문화권에는 신이 많다. 네팔에 총 몇 위의 신이 있는지는 네팔 사람들도 잘 모른다고도 하고, 네팔의 인구보다 많을 거라고 전해지기도 한다. 아무리 많아도 대답 없는 신은 답답했던지 살아 있는 여신까지 만들어낸 게 네팔 사람들이다. 살아 있는 여신을 쿠마리라고 하는데, 쿠마리의 집도 이 구왕궁 광장 근처에 있다. 쿠마리의 집 역시 목조로 된 이층 건물이고 반듯한 안마당을 에워싼 'ㅁ' 자 구조로 돼 있다.

쿠마리는 네팔에 있는 여러 종족 중 특히 네와르족이 믿는 여신이라고 한다. 쿠마리는 처음부터 여신으로 태어나는 게 아니라 점성가, 승려, 브라만 등으로 구성된 전형 위원회에 의해서 선출된다. 뽑힐 자격으로는 하자 없는 집안, 깨끗한 피부, 완벽한 건강, 단정한 용모 등 여러 가지 까다로운 조건이 있는데, 가장 중요한 것은 아직 생리가 없어야 한다는 것이다. 사춘기가 되어 생리가 시작되면 당장 여신의 자리에서 평범한 소녀의 자리로 격하돼 궁에서 나와 학교도 갈 수 있고 시집도 갈 수 있다. 빈 쿠마리의 자리는 같은 절차를 밟아 다시 선출된다.

쿠마리를 믿는 힌두교도들은 일정한 절차를 거쳐 접견을 할 수 있고 쿠마리로부터 축복을 받고 나면 행운이 온다고 믿고 있어 국왕도 축복을 받으러 온 일이 있다고 한다. 특히 1995년경 당시의 국왕이 왕자와 함께 쿠마리의 축복을 받으러 왔는데, 쿠마리가 왕은 축복을 안 해주고 왕자만 해준 이야기는 유명하다. 그러고 나서 얼마 안 있다 왕이 서거하고 왕자가 왕위에 올랐다니, 쿠마리의 신통력을 믿고 싶은 사람들이 쿠마리가 틀림없이 여신이라는 움직일 수 없는 증거로 삼기에 충분한 이야깃거리였을 것이다.

풍문이나 우연이 신화가 되기 위해 걸리는 시간이 그닥 길지 않다는 걸 황당해하는 건 여행자의 몫이고 이곳 사람들은 아주 진지하다. 이방인도 쿠마리의 집 안마당에서 기다리면 쿠마리의 얼굴을 볼 수 있다고 해서 들어가니, 마딩에 빽빽이 들어찬 관광객들이 이층을 향해 고개를 길게 빼고 있다. 이층 중앙이 쿠마리의 방이다. 그동안에도 귀부인풍의 여자들이 표정을 경건하게 가다듬고 쿠마리를 찾는 것을 볼 수 있다. 관광객들에게는 집안까지 들어가 접견을 하는 것이 금지돼 있다. 기다린다고 아무때나 쿠마리를 볼 수 있는 게 아니라 쿠마리가 보여주어야 볼 수 있고, 보여주고 말고는 쿠마리 마음이다. 쿠마리의 집 안마당에서 줄기차게 그녀가 창문으로 나타나기를 기다려야 한다. 기다리다 지치면 돈을 내놓기도 한다. 재촉의 뜻이다. 마당 한가운데는 그런 돈을 얹어놓을 자리도 마련돼 있다. 드디어 열 살 전후로 보이는 화장을 짙게 한 소녀가 이층 창문으로 상반신을 잠깐 비쳤다가 웃지도 않고 사라진다. 화장을 하고 옷을 곱게 차려입긴 했지만 살아 있는 여신을 연출할 목적으로 꾸민 옷 같지는 않다. 표정도 놀이가 금지된 그 나이의 소녀가 지음직한 짜증스러운 표정이어서 도리어 자연스럽다. 사진을 찍는 것은 금지돼 있다. 딸이 쿠마리로 선출되면 가족들의 생활이 보장되고 쿠마리궁에서 같이 살 수 있다지만 우리 보기에 그리 호사스러운 생활을 하는 것 같지는 않다.

어린 소녀가 여신으로 대접받다가 평범한 생활로 돌아가는 게 과연 가능할까 싶어 이 쿠마리 신앙이 잔혹하게 느껴지는 건 어쩔 수가 없다. 국가는 은퇴 후의 쿠마리까지 후하게 대접하고 보살핀다지만 그런 걱정은 물론 정신적인 후유증에 한해서이다. 정신과의사라면 한번 추적해보고 싶은 게 호기심 이전에 직업의식일 것이다. 이대 의과대학 정신과의사 이근후 박사가 바로 그런 분이 아닌가 싶다. 이박사는 전생에 네팔 사람이었을 거라는 놀림을 받을 정도로 네팔과 네팔 문화를 사랑하고, 아직은 현대 의학의 혜택을 받는 사람이 극소수인 네팔 사람들을 위해 매년 의료 봉사단을 이끌고 네팔을 방문하는 네팔통이기도 하다. 그의 저서 『신은 우리들의 입맞춤에도 있다』(길벗, 1995) 안에 쿠마리에 대해 자세히 나와 있어 여기 잠깐 소개하고 넘어갈까 한다.

구왕궁광장 쿠마리 집에 사는 쿠마리는 쿠마리 중에서 가장 숭배를 받는 로열 쿠마리이고, 네와르족이 사는 지방마다 별개의 쿠마리가 있는데, 지금까지 추적된 것만도 무려 열한 명이나 된다고 한다. 그런 지방 쿠마리 중 은퇴한 '단'이라는 쿠마리를 만난 얘기는 섬뜩할 정도로 충격적이다. 이박사가 단 양의 소문만 듣고도 놀란 것은 은퇴는 했지만 무려 서른세 살까지 쿠마리 자리에 있었다는 사실이었다. 그건 곧 서른세 살까지 생리가 없었다는 소린데, 은퇴 후 지금까지도 생리가 없다는 것이었다. 이박사는 난 양과의 대면 광경을 이렇게 적어놓고 있다.

　내 시야에 들어온 은퇴한 쿠마리 단 양은 무표정한 얼굴에 거의 카타토니(긴장병성증후군을 나타내는 정신분열증의 일종)에 가까운 자세로 밀랍 인형처럼 자그마한 가마 안에 웅크리고 앉아 있었다. 이런 자세로 삼십팔 년의 세월을 흘려보냈다니 인간적인 연민과 함께 분노가 치솟았다. 신의 보살핌을 받아야 할 내가 살아 있는 신을 향해 야릇한 분노를 느끼는 것은, 신이라는 굴레를 뒤집어씌워 팽개쳐둔 인간의 짓거리가 미워서였을 게다. 아무리 신이라고 우겨도 제격이 아닌 이 쿠마리는 오랜 틀 속에 자신을 가두어둔 탓인지 정상인으로서의 사고나 감정, 행동, 판단과 현실감을 이미 잃고 있었다. (……)
　나는 쿠마리 단 양 앞에 무릎을 꿇고 존경의 뜻을 표했다. 기계처럼 쿠마리의 오른손이 움직이더니 이마에 티카를 칠해주었다. 티카의 찬 느낌과 그녀의 손가락에서 순간적으로 전해지는 체온이 뒤섞여 싸늘한 기운이 발뒤꿈치까지 전류 흐르듯 퍼졌다. 또 한번 소름이 끼쳤다.

거기까지 추적을 할 순 있었지만 치료는 불가능한 한계성에 대한 분노와 무력감이 너무도 절절히 와닿는다. 그건 물론 의사로서의 무력감이라기보다는 문화적 벽에 대한 무력감이고, 남의 종교도 존중해야 한다는 양식에서 우러난 갈등일 것이다. 나로서는 어떤 문화에서고 마지막까지 남는 희생양은 여자라는 게 참담하게 느껴졌다.

쿠마리의 집만 빼면 구왕궁광장과 그 주변은 번화하고 활기차고 생기가 넘치는 고장이다. 한 길도 넘는 머리를 늘어뜨리고 순례자 복장을 한 '요기yogi'들은 사진을 찍자면 기꺼이 응해주지만 꼭 돈을 요구한다. 그들이 진짜 요가나 명상을 하는 요기들인지 잘은 모르지만 차리고 있는 어마어마한 복장만은 아주 그럴듯하다. 얼굴에 마마귀신처럼 무서운 칠을 하고 있는 요기도 있지만 표정은 밝고 어느만큼은 장난스럽기도 하다.

아주 빈약한 상품을 들고 다니는 소년들도 꼭 팔아야겠다는 악착같은 태도는 찾아보기 힘들다. 흥정하는 걸 그쪽에서 즐기니까 이쪽에서도 괜히 수작을 붙여보고 싶은 생각이 든다. 그런 잡상인들 때문에 발길을 제대로 옮길 수 없는 데가 이 근처이지만 괴롭지는 않다. 들고 다니는 행상만 있는 게 아니라 좌판을 벌인 노점상들도 끝이 안 보이게 늘어앉아 손님을 부른다. 나무나 야크 뼈, 은, 구리, 가죽, 색색 기지 준보석을 세공한 장신구들과 일용 잡화, 삽화가 요상한 책들, 이국적인 장식품과 그릇들이 믿을 수 없을 만큼 싸다. 또 깎는 맛도 쏠쏠하다. 한 번 네팔을 다녀온 후 그런 것들을 실컷 사지 못한 게 후회스러워 또 가려고 벼르는 사람도 본 적이 있다. 그렇다고 한 군데서 한꺼번에 왕창 살 필요는 없다. 사람의 발길이 닿을 수 있는 곳이라면 첩첩산중까지 널린 게 그런 값싸고 근사한 장신구들이다.

그런 장신구나 기념품은 아무리 많이 사도 하루에 천 루피를 다 쓰지 못한다. 천 루피면 달러로 이십 달러쯤 될 것이다. 환전은 호텔에서 하는 게 안전한데, 네팔 통화는 인도와 마찬가지로 루피이다. 호텔이라 해도 누가 백 달러만 환전을 해가면 그다음 사람은 바꿀 돈이 없어서 다음날 오란 소리를 듣기 십상이다. 우리 가이드는 옆에서 이십 달러 이상은 바꾸지 못하도록 처음부터 주의를 준다. 일주일쯤 머문다 해도 그 정도의 용돈으로 충분하다는 것이다.

이십 달러보다 더 쓸 용의가 있다면 노점상이 즐비한 광장에서 중세풍의 상점 거리 바자 안에 들어가보는 것도 재미있다. 양쪽에 늘어선 목조건물들은 구왕궁보다 더 나이가 먹은 듯 삐딱하다못해 곧 앞으로 쏟아져내릴 것 같은 집도 있다. 거의 다 이층집인데, 그렇게 허술하건만 누구 하나 걱정하는 사람 없이 열심히 장사를 하고, 한가한 집 없이 고루 흥청대는 것도 신기하다. 혼자서 집 무너질 걱정 하면 무엇하랴 싶어진다. 본고장 사람들의 무신경이랄까, 낙천적 성격에 곧 감염돼 버리고 말기 때문이기도 하지만, 목조라는 게 그만큼 위기의식을 덜어준다.

그 거리 일층에서는 차, 향료, 식료품, 토산품 등을 팔지만 이층으로 올라가면 카펫, 손으로 뜬 양털 스웨터 같은 걸 판다. 우리로 치면 도매상처럼 많은 물건을 쌓아놓고 있다. 아주 편안하고도 재미있게 생긴 바지가 있는가 하면, 체크무늬가 그럴싸한 남방도 있다. 특히 손뜨개질한 스웨터는 무늬도 세련되고 두툼하고 부드러운 게 우리나라의 월동용으로도 꼭 하나 갖고 싶은 물건이다. 짐이 된다고 생각하면 처음부터 갈아입을 옷을 안 가지고 가서 사 입고 다니는 것도 좋을 것이다. 나중에 공항에서 보면 백인 관광객들은 우리에 비해 짐이 거의 없다. 아이들을 거느린 가족 단위의 관광도 짐이 보잘것없는데, 다들 네팔에서 산 옷들을 멋들어지게 입어내고 있다. 어떻게 그렇게 잘 어울리는지 샘이 날 지경이다. 값도 루피로 말하는지 달러로 말하는지 헷갈릴 정도로 싸다. 하도 비싼 옷만 보다가 이게 꿈인가 생신가 가슴이 막 울렁거릴 적도 있다. 그런데도 짐 될 것이 무서워 못 산다는 건 어리석은 일이고, 돌이킬 수 없는 일이다.

그러나 여기서 왕창 이십 달러를 다 써버려선 안 된다. 카트만두 쇼핑의 천국은 단연 타멜 거리이다. 우리나라로 치면 인사동 거리와 압구정동 거리를 합쳐놓은 것 같은 데니까 물건값도 비싼 편이고 질도 좋아 보인다. 보석상 쇼윈도에 내걸린 장신구는 아라비아 공주의 몸치장을 연상시킬 만큼 화려하고 대담하며, 내걸린 카펫의 색상과 무늬는 우리나라에 흔한 벨기에산과는 댈 것도 아니게 세련된 독특한 기하학적 무늬이다. 사슴 가죽 섀미 사파리가 있는가 하면, 부처님의 눈이나 히말라야 도인을 손으로 수놓은 면 티셔츠도 있고, 정교하고 아름답게 그린 만다라도 있다.

타멜 거리는 네팔 사람에게는 그림의 떡인 외국인 상대의 거리라고는 하지만 기죽을 건 없다. 여기서 이십 달러로 해결안 되는 건 아마 섀미 사파리 정도일 것이다. 수놓은 면 티셔츠는 십 달러면 다섯 장도 살 수 있다. 나는 거기서 인디언 무늬의 색상이 근사한 면 주름치마를 십 달러에 여섯 장을 사기도 했다. 처음에는 십 달러에 석 장을 사고 딴 가게에서 배짱으로 그 반값을 불렀더니, 그래도 가지고 가라고 해서 나는 완전히 치마 장수가 돼버렸다. 우리 일행 중 한 분은 섀미 사파리를 사서 여행이 끝날 때까지 입고 다녔는데 우리나라 돈으로 오만원 정도라면서 큰 횡재를 한 것처럼 자랑을 하는데 그렇게 행복해 보일 수가 없었다. 쇼핑이 스트레스 해소가 되는 것은 남녀가 따로 없나보다.

그러나 서로 얼마에 샀나를 비교하다보니 너무 깎게 된 것이 그리 잘한 일 같지는 않다. 국내에서 하찮게 쓰는 몇백원을 가지고 경쟁을 하는 것은 재미라 쳐도, 현지인에게 적절한 이익을 보장해주고 마음도 덜 상하게 하는 것은 그들보다 몇십 배의 국민소득을 가진 우리가 지킬 바 체통이 아닐는지, 큰 가게에서 장사를 하는 사람들은 거의 남자들이지만 상품의 대부분이 수공예품인 걸 보면 잘살기 위한 여자들의 수고가 후진국일수록 혹독하다는 게 경험으로 와닿는다.

카트만두의 다음 볼거리는 스와얌부나트사원이다. 작은 언덕 위에 있는 이 흰 사원은 시내에서 올려다봐도 아름답지만 삼백육십여 개의 돌계단을 올라서 내려다보는 경치 또한 아름답다. 카트만두 최고最古의 이 불교 사원은 차로도 올라갈 수 있지만 돌계단을 걸어서 오르는 것이 좋다. 양쪽에 서 있는 각종 신상을 볼 수 있기 때문이기도 하지만, 성취감을 위해서도 그 정도는 걷는 게 좋다.

계단을 다 오르면 부처님의 눈과 마주칠 수가 있다. 이 불탑의 상징인 그 눈은 사방으로 그려져 있다. 우리도 한번 그 눈이 되어 언덕에서 바라본 시가의 전망은 베일을 쓴 것처럼 아련하고 신비롭다. 매연인지 안개로 흐려 보이는 것도 이 도시가 생겨난 전설과 잘 어울려 신비감을 더해준다. 이 도시는 원래 호수였는데 문수보살이 나타나 호수의 물을 빼내고 사람이 살 굳은 땅을 만들었다고 한다. 매연 속에 감긴 도시가 물이 서서히 삐기 시작하는 호수 속의 도시처럼 환상적이다. 이 사원은 '몽키 템플Monkey Temple'이라고도 한다.

경내는 참배객들이 들끓다시피 많고, 마당에 있는 작은 방들에서는 우리의 푸닥거리 비슷한 의식을 행하는 데도 있다. 스님 비슷한 사람이 전면에 앉아서 종을 흔들며 경을 외고 여자들이 옆에서 합장하고 같이 중얼거리기도 하고 절도 하는 게 어려서 본 푸닥거리하고 거의 똑같다. 집안에 우환이 있으면 병원에 가는 것보다 그렇게 하는 게 더 보편적이라고 한다. 그런 푸닥거리 형식의 기도를 하는 곳이 여러 곳 있는데, 닭의 모가지를 비틀어 피가 낭자한 곳도 있다.

다음은 부다나트사원. 시의 북동쪽 약 팔 킬로미터 지점에 있는 이 불탑은 영화 〈리틀 부다〉에 나와서 더 유명해진 불탑이다. 이 세계 최대의 불탑은 네팔 건축 특유의 바리를 엎어놓은 형상의 반구半球 위에 쌓아올린 네모난 단의 사면에 커다란 눈이 그려져 있어 눈동자 절이라고도 한단다.

스와얌부나트사원과 함께 불교의 성지로서 특히 티베트에서 온 순례자가 많이 눈에 띈다. 그 소박한 사람들이 오체투지할 때 까는 대문짝 크기의 널빤지가 사람의 몸 모양으로 패어 있는 걸 보면 오히려 내던져도 내던져도 내던져지지 않는 인간의 욕망과 번뇌의 집요함을 보는 것 같아 마음이 아릿해진다. 옴마니반메훔을 외며 이 사원 외벽을 둘러싼 마니차를 돌리며 천천히 도는 사람들도 티베트 사람들이다. 이 사원 근방의 상점들도 다 티베트풍이다.

카트만두에는 티베트 난민촌도 있다. 1959년 달라이 라마가 망명한 후 고국을 떠난 티베트 사람들은 인도뿐 아니라 네팔에도 정착해 살고 있다. 난민촌 하면 텔레비전이 흔히 보여주는 종족과 종교 분쟁 또는 가뭄과 기아로 제 고장을 떠난 아프리카 여러 민족들의 비참한 생활상을 연상하게 되는데, 티베트 난민촌은 아주 밝고 정갈하고 정돈돼 있다. 그 안에는 피난 와서 태어난 아이들의 교육을 위한 학교도 있고, 카펫 공장도 있다. 2세들에게 조국의 전통과 문화를 전승하기 위해 티베트 사람들이 손수 만든 학교라고 한다.

카펫 공장에서는 카펫을 짜는 것을 볼 수도 있다. 나이 어린 소녀들이 털 먼지를 마시며 그걸 짜는 것이 안쓰러워 보였지만 소녀들의 표정은 밝고 늠름하다. 아마 난민촌에 적지 않은 보탬이 될 것이다. 관광객들의 눈을 즐겁게 해주고 탐나게 하는 카펫이 여기서 이렇게 나오는구나 싶어 소녀들이 장해 보인다. 사는 집은 단층으로 나란히 붙어 지어졌는데 주위가 정갈하여 피난민들이 사는 곳이라는 생각이 조금도 안 들었다.

문이 열린 집을 그냥 들어가보았더니 주인은 조금도 놀라지 않고 들어오라고 하면서 뭔가 마실 것을 권하려고 했다. 장 위에는 불상이 있고, 식탁 위의 바구니에는 집에서 구운 것 같은 밀가루 과자와 함께 양주병까지 있었다. 풍족하고도 화해로운 축제 분위기였다. 그때가 마침 음력설 기간이었다. 그들도 음력설을 쉰다고 했다. 길을 다니는 아가씨들도 옷을 잘 입고 화장을 예쁘게 하고 있었다.

난민들의 의식이 충족되고 심성이 이지러지지 않은 걸 보니까 난민들이 몸 붙인 이 나라가 얼마나 괜찮은 나라인지 알 것 같았다. 물론 조국을 등진 티베트인 스스로의 절치부심의 노력이 먼저였겠지만, 나그네가 남의 나라에서 제 나라의 문화와 정신을 떳떳하게 지켜나가려면 주인 노릇하는 나라의 인심이 교만하거나 까탈스럽지 않아야 되니까.

난민촌을 다녀오는데 우리 버스 옆에 떡 벌어지게 장이 서고 있었다. 우리가 도착했을 때도 없던 장이었다. 관광객이 왔다는 걸 알고 재빠르게 벌인 장터였다. 티베트 부녀자들은 혼자서도 당장 장을 잘 벌인다. 배낭에다 목걸이, 팔찌 등 장신구를 넣어 가지고 다니다가 관광객을 만나면 하나둘 꺼내 보이는 척하다가 다 쏟아놓는데, 눈 깜짝할 새에 좌판이 벌어진다. 여기선 마을 부녀자들이 다 나왔으니 큰 장이 설 수밖에 없었고, 우리는 안 사고 못 배겼다. 하루 오십 루피도 벌기 어려운데 그들이 세운 학교의 학비가 일 년에 이천 루피도 더 든다는 애절한 호소를 단지 장사꾼의 우는소리로만 받아들일 수 없는 게, 우리야말로 자식 가르치는 데 있어서 이 지구상에서 둘째가라면 서러운 민족 아닌가.

난민촌 입구에는 중국의 티베트 점령을 항의하고 자주독립을 외치는 영문으로 된 호소문이 붙어 있다. 달라이 라마의 어록에서 따온 말 같았다.

오늘 살 줄만 알았지 내일 죽을 줄 모른다는 말이 있다. 힌두문화권에서는 그렇지도 않은 것 같다. 그들의 사는 모습을 구질구질한 면까지 천연덕스럽게 보여주듯이 죽어 빈 껍데기가 된 시신이 아주 한 자락의 바람으로 무화되는 과정도 천연덕스럽게 보여준다. 윤회를 믿기 때문일까.

카트만두에서 동쪽으로 그리 멀지 않은 곳에 힌두교의 성지인 파슈파티나트사원과 화장장이 있다. 사원은 힌두교도 아니면 못 들어간다. 신발을 벗어야 들어가는데 하이힐을 신고 온 멋쟁이 아가씨가 사원을 참배하고 나와서 새까매진 발바닥을 바그마티강에서 씻고 나서 다시 구두를 신는 모습도 볼 수 있었다. 바그마티강 건너는 바로 화장장이다. 화장장이 있을 정도의 강이라면 곧 인도의 갠지스강을 연상하겠지만, 그런 큰 강과는 댈 것도 아닌 개천 규모의 작은 시냇물이다. 그래도 흘러 흘러 갠지스강에 다다르는 성스러운 강으로 여겨지는 것 같았다. 내가 갔을 때는 건기乾期라 더러운 물이 가운데로만 조금 흐르고 있었다.

그래도 강을 따라서 화장을 할 수 있는 터가 마련돼 있고, 빈 데도 있지만 장작을 쌓아놓은 데도 있고, 시신에 불이 댕겨지고 누릿한 냄새를 풍기며 불이 붙은 데도 있다. 시체를 관에 넣는 데 익숙해진 우리 눈엔 헝겊으로 말았든지 입던 옷째로든지 인체의 모습이 그대로 드러난 시신을 차마 바로 보지 못한다. 코를 싸쥐고 외면을 하고서도 신경은 거기 가 있다. 보고 싶은 건지 안 보고 싶은 건지 잘 모르겠다. 시체 곁에서 우는 사람이 있는지, 상주는 있는지, 조문객은 몇이나 되는지, 어떤 얼굴들을 하고 있는지 혹시 그런 너절하고 잡스러운 것들이 알고 싶은지도 모르겠다. 그러나 관광객들 외엔 그런 데 관심 있는 사람은 아무도 없다.

거기서 시체가 타든지 말든지 강가에선 이곳 사람들의 일 상적인 삶이 계속되고 있다. 빨래를 하는 사람도 있고, 몸을 씻는 사람도 있고, 심지어는 아들의 머리를 깎아주는 아버지 도 있다. 기념품 장수도 있고 어슬렁거리는 요기도 있다. 사원 을 참배하고 나왔는지 한가로이 왔다갔다하는 옷 잘 입은 사 람들도 많다. 아주 번화하고도 열린 고장이다. 이곳까지 임종 을 위해 와 있는 노인들도 많아. 그런 노인들이 죽음을 기다 리는 집도 있다. 그런 노인들은 아마 안 죽고 있는 동안 매일 매일 죽음을 예습할 수 있으리라. 죽음이 복습이 되면 혹시 덜 힘들까. 늙으면 친구의 부음이 가장 큰 충격이 되는 우리나라 노인들하고는 너무도 다르다.

화장터에서 계단을 올라가면 벽돌로 지은 작은 전각이 즐 비한데, 그 안에 모셔져 있는 건 남성 성기와 여성 성기를 조 형화한 조각품이다. 같은 전각에 같은 조형물이 일렬로 쭉 늘 어서 있다. 성이 모티프가 된 조각이나 회화나 부조는 수도 없 이 보았지만 화장장 바로 옆에 있는 이 적나라한 조형물은 무 슨 뜻일까. 이곳 사람들이 성의 자유로운 표현으로 이미 오래 전에 성적인 억압으로부터 자유스러워졌다고 생각되는 건 사 실이나, 이건 성기 그 자체였다. 연꽃과 보석 정도의 꾸밈조차 없이 말이다. 성적 합일을 모든 창조와 생성의 원동력으로 보고 찬양하고 신성시하는 그들이니까, 죽음이 곧 누군가의 성적 결합으로 들어가 새로운 탄생으로 이어지길 바란 거나 아니었을까. 그들의 꿈을 내 나름으로 해몽해보았다.

이런저런 생각을 하며 걷고 있는데 전각 그늘에서 얼굴을 너무도 흉측하게 처바른 요기가 튀어나와서 나잇값도 못하고 까악, 비명을 지르고 말았다. 백 살은 먹은 것 같은 그 요기는 내 어깨를 두드리며 "노오 프로블럼, 노오 프로블럼" 하고 위로를 한다. 물이 얼마 안 되는 강에서는 여전히 아이들은 장난치고 어른들은 빨래하고 순례자들은 건너가고…… 그래, 생로병사가 이렇게도 천연덕스럽게 어우러질 수 있다면 이 세상에 무슨 문제가 있겠는가, 잠깐이지만 도통한 기분이 된다.

실상 온통 약탈한 것투성이인 세계 유수의 박물관이나 신자 없는 장려한 성당, 그림엽서하고 똑같이 가꾸어놓은 전원 풍경에 실컷 질리고 감동하고, 그런 문화를 가진 민족이니 뭐라도 배워야 할 것 같은 압박감으로 그들의 일상적인 언행까지를 흘금흘금 관찰하게 되는 유럽이나 미국 여행이란 얼마나 피곤한가. 그렇다고 만 불 시대의 부를 마음껏 으스대며 남을 마구 얕보거나 가르치려 들지 않으면 무절제한 쇼핑과 환락을 일삼는 동포들과 하루 몇 번씩 부딪혀야 하는 동남아나 중국 여행이 덜 피곤한 것도 아니다. 무시당할까봐 전전긍

긍하기나 무시하기에 급급하기나 피차 편안치 못한 관계이긴 마찬가지다.

네팔 여행은 그런 부담 없이 상대방의 문화를 있는 그대로 신기해하며 인정해주고 같이 즐길 수가 있어 좋고, 우리나라에서는 꿈도 못 꿀 낭비를 와장창 하고 나면 책임감과 약속에 얽매인 사람 노릇과 공해로 질식할 것 같은 몸과 마음이 당분간은 견딜 수 있는 생기를 회복한 것처럼 느껴져서 또한 좋다. 요새도 뭔가로 벌충을 해주지 않으면 도저히 참아낼 수 없을 것처럼 심신이 바스러졌다고 여겨질 때 떠나야지, 떠나야지 하고 거기서 누가 부르는 것처럼 마음이 달뜨는 것만으로도 위안이 된다.

네팔에서 어쩌다 우리나라 사람을 만날 수 있다면 그는 걸으러 온 사람이다. 그게 그렇게 반가울 수가 없다. 타는 사람보다도, 나는 사람보다도, 뛰는 사람보다도, 달리는 사람보다도, 기는 사람보다도, 걷는 사람이 난 제일 좋다.

| 작가 연보 |

1931년	10월 20일 경기도 개풍군 청교면 묵송리 박적골에서 출생. 아버지 박영노朴泳魯, 어머니 홍기숙洪己宿. 열 살 위인 오빠 있음.
1934년	아버지 별세. 어머니는 오빠만 데리고 서울로 떠남. 조부모와 숙부모 밑에서 어린 시절을 보냄.
1938년	서울로 와서 살게 됨. 매동국민학교 입학.
1944년	숙명여고 입학.
1945년	소개령疎開令이 내려져 개성으로 이사, 호수돈여고로 전학. 고향에서 해방을 맞음. 서울로 와 학교를 계속 다님. 여중 5학년 때 담임을 맡은 소설가 박노갑 선생에게서 많은 영향을 받음.
1950년	서울대학교 문리대 국문과 입학. 6월 초순에 입학식이 있어서 학교를 다닌 기간은 며칠 되지 않음. 전쟁으로 오빠와 숙부가 죽고 대가족의 생계를 책임지게 됨. 미군 부대에 취직, 미8군 PX(동화백화점, 곧 지금의 신세계백화점 자리)의 초상화부에 근무. 거기서 박수근 화백을 알게 됨.
1953년	호영진扈榮鎭과 결혼, 이후 1남 4녀의 자녀를 둠(1954년 원숙, 1955년 원순, 1958년 원경, 1960년 원균, 1963년 원태).
1970년	『나목』으로 『여성동아』 여류장편소설 공모에 당선.

1975년 『도시의 흉년』을 『문학사상』에 연재.

1976년 첫 창작집 『부끄러움을 가르칩니다』(일지사) 출간. 『휘청거리는 오후』를 동아일보에 연재.

1977년 『휘청거리는 오후』(창작과비평사, 전2권), 중편집 『창 밖은 봄』(열화당), 산문집 『꼴찌에게 보내는 갈채』(평민사), 『혼자 부르는 합창』(진문출판사) 출간.

1978년 소설집 『배반의 여름』(창작과비평사), 장편소설 『목마른 계절』(원제 『한발기』, 수문서관), 산문집 『여자와 남자가 있는 풍경』(한길사) 출간.

1979년 『도시의 흉년』(문학사상사, 전3권), 『욕망의 응달』(수문서관. 이 책은 1985년 같은 출판사에서 『인간의 꽃』으로, 1989년 원제대로 우리문학사에서 재출간), 창작동화 『달걀은 달걀로 갚으렴』(샘터, 『마지막 임금님』으로 재출간) 출간.

1980년 「그 가을의 사흘 동안」으로 한국문학작가상 수상. 전해부터 동아일보에 연재했던 『살아 있는 날의 시작』(전예원) 출간. 「오만과 몽상」을 『한국문학』에 연재.

1981년 「엄마의 말뚝 2」로 제5회 이상문학상 수상. 제5회 이상문학상 수상작품집 『엄마의 말뚝 2』 출간. 『도둑맞은 가난』(민음사, 「나목」이 재수록되어 있음), 콩트집 『이민 가는 맷돌』(심설당) 출간. 20년간 살던 보문동 한옥을 떠나 강남의 아파트로 이사.

1982년 10월, 11월 문공부 주최 문인해외연수에 참가하여 유럽과 인도를 다녀옴. 소설집 『엄마의 말뚝』(일월서각), 장편소설

『오만과 몽상』(한국문학사, 1985년 고려원에서 재출간), 산문집 『살아 있는 날의 소망』(주우) 출간. 「그해 겨울은 따뜻했네」를 한국일보에 연재.

1984년   7월 1일 영세 받음. 풍자소설집 『서울 사람들』(글수레) 출간.

1985년   11월에 '일본 국제기금재단'의 초청으로 일본을 여행함. 장편소설 『서 있는 여자』(학원사, 『떠도는 결혼』과 동일 작품), 작품선집 『그 가을의 사흘 동안』(나남) 출간.

1986년   산문집 『서 있는 여자의 갈등』(나남), 소설집 『꽃을 찾아서』(창작사, 1982년에서 1986년 사이에 창작한 중·단편을 수록) 출간.

1988년   남편과 아들을 연이어 잃음. 서울을 떠나는 일이 많아짐. 미국 여행을 다녀옴. 『문학사상』에 연재하던 「미망」을 10월부터 다음해 6월까지 쉼.

1989년   『그대 아직도 꿈꾸고 있는가』를 여성신문에 연재. 장편소설 『그대 아직도 꿈꾸고 있는가』(삼진기획) 출간.

1990년   『미망』(문학사상사, 전3권) 출간. 이 작품으로 대한민국문학상 우수상을 수상. 산문집 『나는 왜 작은 일에만 분개하는가』(햇빛출판사) 출간. 『그대 아직도 꿈꾸고 있는가』의 성공으로 출판사 주최 성지순례 해외여행을 다녀옴.

1991년   회갑 기념 소설집 『저문 날의 삽화』(문학과지성사), 콩트집 『나의 아름다운 이웃』(작가정신) 출간. 장편 『미망』으로 제3회 이산문학상 수상.

1992년   『그 많던 싱아는 누가 다 먹었을까』 『박완서 문학앨범』(웅진

출판사) 출간.

1993년　「꿈꾸는 인큐베이터」(『현대문학』 1월호)로 제38회 현대문학상 수상. 제38회 현대문학상 수상작품집 『꿈꾸는 인큐베이터』(현대문학) 출간. 제19회 중앙문화대상(예술 부문) 수상. 장편소설 『휘청거리는 오후』를 제1권으로 『박완서 소설전집』(세계사) 출간 시작. 소설전집 제2·3·4·5권으로 장편 『도시의 흉년』(상·하), 『살아 있는 날의 시작』 『욕망의 응달』 출간.

1994년　「나의 가장 나종 지니인 것」(『상상』 창간호, 1993)으로 제25회 동인문학상 수상. 제25회 동인문학상 수상작품집 『나의 가장 나종 지니인 것』(조선일보사), 소설집 『한 말씀만 하소서』(솔), 창작동화 『부숭이의 땅힘』(한양출판사), 소설전집 제6·7·8·9권으로 장편 『목마른 계절』, 소설집 『엄마의 말뚝』, 장편소설 『오만과 몽상』 『그해 겨울은 따뜻했네』 출간.

1995년　장편소설 『그 산이 정말 거기 있었을까』(웅진출판사), 산문집 『한 길 사람 속』(작가정신) 출간. 「환각의 나비」(『문학동네』 봄호)로 제1회 한무숙문학상 수상. 소설전집 제10·11권으로 장편 『나목』 『서 있는 여자』 출간.

1996년　소설전집 제12·13권으로 장편 『미망』(상·하) 출간.

1997년　티베트, 네팔 여행기 『모독冒瀆』(학고재), 동화집 『속삭임』(샘터) 출간. 장편소설 『그 산이 정말 거기 있었을까』로 제5회 대산문학상 수상.

1998년　산문집 『어른 노릇 사람 노릇』(작가정신) 출간. 보관문화훈장(문화관광부) 받음. 소설집 『너무도 쓸쓸한 당신』(창작과

비평사) 출간.

1999년   묵상집『님이여, 그 숲을 떠나지 마오』(여백) 출간.『너무도
         쓸쓸한 당신』으로 제14회 만해문학상 수상.『박완서 단편소
         설 전집』(문학동네, 전5권) 출간.

2000년   장편소설『아주 오래된 농담』(실천문학사) 출간. 제14회 인
         촌상 수상.

2001년   단편소설「그리움을 위하여」(『현대문학』 2월호)로 제1회 황
         순원문학상 수상.

2005년   기행산문집『잃어버린 여행가방』(실천문학사) 출간.

2006년   『박완서 단편소설 전집』개정판(문학동네, 전6권) 출간. 서울
         대학교 명예문학박사학위 수여. 제16회 호암상 예술상 수상.

2007년   산문집『호미』(열림원), 소설집『친절한 복희씨』(문학과지성
         사) 출간.

2009년   동화집『세 가지 소원』(마음산책), 장편동화『이 세상에 태어
         나길 참 잘했다』(어린이작가정신) 출간.『문학동네』가을호
         에 단편소설「빨갱이 바이러스」발표.

2010년   산문집『못 가본 길이 더 아름답다』(현대문학) 출간.

2011년   1월 22일, 담낭암 투병중 향년 81세를 일기로 별세. 1월
         24일, 정부로부터 '금관문화훈장'을 추서받음.

2012년   산문집『세상에 예쁜 것』(마음산책), 마지막 소설집『기나긴
         하루』(문학동네) 출간.

2013년   『박완서 단편소설 전집』개정판(문학동네, 전7권), 짧은 소설
         집『노란집』(열림원) 출간.

2014년	티베트, 네팔 여행기 『모독』, 산문집 『호미』 개정판(열림원) 출간. 그림동화 『엄마 아빠 기다리신다』(어린이작가정신) 출간.
2015년	『박완서 산문집』(문학동네, 전7권), 그림동화 『이 세상에서 제일 예쁜 못난이』『7년 동안의 잠』(어린이작가정신) 출간.
2016년	대담집 『우리가 참 아끼던 사람』(달) 출간.
2017년	소설집 『꿈을 찍는 사진사』(열림원), 그림동화 『노인과 소년』(어린이작가정신) 출간.
2018년	『박완서 산문집』 제8·9권 『한 길 사람 속』『나를 닮은 목소리로』(문학동네), 대담집 『박완서의 말』(마음산책) 출간.
2019년	짧은소설집 『나의 아름다운 이웃』(작가정신), 소설집 『이별의 김포공항』(민음사) 출간.
2020년	『프롤로그 에필로그 박완서의 모든 책』(작가정신), 소설집 『복원되지 못한 것들을 위하여』(문학과지성사), 산문집 『모래알만 한 진실이라도』(세계사) 출간.
2021년	소설집 『지렁이 울음소리』(민음사), 장편소설 『그 많던 싱아는 누가 다 먹었을까』『그 산이 정말 거기 있었을까』 개정판(웅진지식하우스), 장편소설 『그 남자네 집』 개정판(현대문학) 출간.
2024년	산문집 『사랑을 무게로 안 느끼게』『한 말씀만 하소서』(세계사), 장편소설 『미망』(민음사, 전3권) 개정판 출간.
2025년	『박완서 산문집』 제10권 『다만 여행자가 될 수 있다면』(문학동네) 출간.

박완서(1931~2011)

1931년 경기도 개풍 출생. 1970년 불혹의 나이에 『나목(裸木)』으로 『여성동아』 장편소설 공모에 당선되어 문단에 나온 이래 2011년 영면에 들기까지 40여 년간 수많은 걸작들을 선보였다. 『부끄러움을 가르칩니다』『배반의 여름』『엄마의 말뚝』『그해 겨울은 따뜻했네』『그 많던 싱아는 누가 다 먹었을까』『그 산이 정말 거기 있었을까』『친절한 복희씨』『기나긴 하루』『미망』등 다수의 작품이 있고, 한국문학작가상 이상문학상 대한민국문학상 이산문학상 중앙문화대상 현대문학상 동인문학상 한무숙문학상 대산문학상 만해문학상 인촌상 황순원문학상 등을 수상했다. 2006년 호암상, 서울대 명예문학박사학위를 받았다. 타계 후 금관문화훈장을 추서받았다.

박완서 산문집 10

다만 여행자가 될 수 있다면
ⓒ박완서 2025

1판 1쇄 2025년 1월 7일
1판 3쇄 2025년 2월 20일

지은이 박완서
책임편집 정민교 | 편집 김내리
디자인 엄자영 유현아 | 저작권 박지영 형소진 오서영
마케팅 정민호 서지화 한민아 이민경 왕지경 정유진 정경주 김수인 김혜원 김예진
브랜딩 함유지 박민재 김희숙 이송이 김하연 박다솔 조다현 배진성
제작 강신은 김동욱 이순호 | 제작처 한영문화사

펴낸곳 (주)문학동네 | 펴낸이 김소영
출판등록 1993년 10월 22일 제2003-000045호
주소 10881 경기도 파주시 회동길 210
전자우편 editor@munhak.com | 대표전화 031)955-8888 | 팩스 031)955-8855
문의전화 031)955-2696(마케팅) 031)955-8864(편집)
문학동네카페 http://cafe.naver.com/mhdn
인스타그램 @munhakdongne | 트위터 @munhakdongne
북클럽문학동네 http://bookclubmunhak.com

ISBN 979-11-416-0170-6 04810
    978-89-546-3452-6 (세트)

www.munhak.com